Les Éditions du Boréal
4447, rue Saint-Denis
Montréal (Québec) H2J 2L2
www.editionsboreal.qc.ca

Brigitte, capitaine
du vaisseau fantôme

La Fusée d'écorce, roman, 1995.

La forêt qui marche, roman, 2000.

Yann et le monstre marin, roman, 2001.

Bernard Boucher

LES TRIPLETS DE GRADLON

Brigitte, capitaine du vaisseau fantôme

Illustrations d'Alain Reno

Boréal

Les Éditions du Boréal remercient le Conseil des Arts du Canada
ainsi que le ministère du Patrimoine canadien et la SODEC
pour leur soutien financier.

Les Éditions du Boréal bénéficient également du Programme
de crédit d'impôt pour l'édition de livres du gouvernement du Québec.

Maquette de la couverture : Lucie Coulombe et Guy Verville

© 2002 Les Éditions du Boréal
Dépôt légal : 1er trimestre 2002
Bibliothèque nationale du Québec

Diffusion au Canada : Dimedia
Distribution et diffusion en Europe : Les Éditions du Seuil

Données de catalogage avant publication (Canada)

    Boucher, Bernard, 1950-
    Brigitte, capitaine du vaisseau fantôme
    (Boréal junior ; 78)
    Pour les jeunes de 10 ans et plus.

    ISBN 2-7646-0162-X

    I. Reno, Alain. II. Titre. III. Collection.

PS8553.O779B74   2002   jc843'.54   C2002-940240-9
PS9553.O779B74   2002
PZ23.B68Br   2002

*À ma nièce, Jeanne, et
à Hellen pour ses conseils*

Je l'ai vu venir
Sa voile était blanche

« Le vaisseau fantôme »
chanson interprétée par Claire Pelletier
(paroles de Marc Chabot)

1

UN VOILIER ENTRE CHIEN ET LOUP

Le voilier n'est toujours pas entré dans la rade, et déjà je sais qu'il va changer ma vie. Une intuition, une prémonition. Un désir, peut-être. Le jour s'achève. Le temps chaud m'incite à flâner. Une pluie fine, maritime, tombe sur le port.

Les gens sont tous à l'abri dans les maisons, les boutiques, le garage, ou encore au magasin général. D'ailleurs, c'est pour faire des commissions, à la demande de Rose, notre mère, trop occupée à jouer du violoncelle, que je suis descendue au village. Mes jumeaux, Yann et Pépin, demeurant silencieux, je me suis proposée, ce qui aura donné à Yann une autre occasion de me reprocher de toujours faire la volonté des parents; il dit que je suis le chouchou des trois.

Sur le quai, avec Rabelaise, je me tiens en retrait, au coin d'un hangar. Le voilier s'avance doucement au large des Côtes-du-Nord du grand pays de Gachepé. Il se dirige droit vers nous. Malgré la distance qui nous sépare de lui, je crois distinguer, dans le brouillard léger qui flotte à l'horizon, deux silhouettes sur le pont. Un garçon tenant la roue du gouvernail et, près de lui, un homme coiffé d'un suroît. Aussitôt, à sa place, j'imagine notre père, Joachim de Gradlon, qui rêve de devenir navigateur au long cours, et j'en déduis que cet homme doit être heureux.

— Brigitte, ton père a pourtant toute une flottille de caravelles, qu'elle dit, Rabelaise.

— Oui, mais ce sont des caravelles en modèle réduit, que je lui fais remarquer.

Finalement, après réflexion, je conviens que ces petits bâtiments peuvent paraître géants aux yeux d'une chatte. Sauf que Joachim veut naviguer sur un bateau aussi majestueux que le voilier à trois mâts qui vogue en ce moment vers le quai. S'il m'accompagnait, il admirerait la proue ouvrant la surface plane de la mer, où les cercles magiques des gouttes de pluie s'emprisonnent les uns les autres. Tel que je peux l'apercevoir dans les lueurs du temps gris, le voilier a la coque noire et les voiles blanches. La brume légère qui flotte alentour le soulève comme s'il était irréel. Un vent doux et caressant, provenant de tous les côtés à la fois, le propulse en silence. Je devine, par-delà les nuages, que les étoiles commencent à poindre dans le ciel bleu. Rabelaise est immobile dans le sac de toile qui pend entre mes bras.

— Tu ne vas pas oublier les commissions de Rose au magasin, qu'elle dit.

— Rassure-toi, que je lui réponds, et admire plutôt la voilure de cette goélette.

Car, à mesure que le navire se rapproche, je reconnais de quelle façon il est gréé.

— Comment sais-tu qu'il s'agit d'une goélette ? qu'elle dit, Rabelaise.

— Parce que Joachim nous lit, à Yann, à Pépin et à moi, depuis notre naissance, des histoires de caravelles portugaises. Il nous apprend à dessiner des voiliers, à reconnaître leurs gréements, du plus petit au plus grand, ainsi que le nom de chacun d'eux : sloop, ketch, barque (à trois, quatre ou cinq mâts), brick, brigantin ou goélette, et ainsi de suite.

— Tu devrais dire : « depuis notre naissance à tous les six », sans oublier de nommer Williamme, Ferronne et moi, qu'elle dit, Rabelaise, désapprouvant que je passe sous silence le fait que nos trois chattes sont nées le même jour que nous, les triplets de Gradlon.

— Et peut-être faudrait-il ajouter que notre amie, Capucine Dionne, est née à cette même date elle aussi ? dis-je pour me moquer de ma belle Tigré, à qui je parle pour occuper le temps depuis que j'ai quitté notre maison par la trop longue route qui la sépare du cœur du village.

Tandis que j'entretiens la conversation, le navire se rapproche. Je suis toujours seule sur le quai avec ma confidente, personne ne semblant s'intéresser à l'arrivée d'un si beau voilier. Pourtant, il est de plus en plus impressionnant dans cette lumière qui s'éteint entre chien et loup. Ses voiles blanches éclairent un ciel chargé de pluie. Des mouettes sont alignées sur le mât de beaupré pour la cérémonie des honneurs.

J'ai beau le regarder depuis un long moment, je garde la curieuse impression qu'il avance sans se rapprocher réellement, même s'il semble plus près. Dans ce soir embrumé, la goélette a l'air de défier la durée tellement elle n'en finit plus de se montrer sans jamais être là. Elle s'est tout de même suffisamment rapprochée pour que je distingue mieux le garçon aux commandes.

— Qu'il est beau, Jim! dis-je à Rabelaise, transportée par l'effet que ce capitaine fait à mon cœur.

— Comment sais-tu qu'il s'appelle Jim? qu'elle dit.

— Parce que je le sais. Il est là, je le vois, il est beau, c'est tout, fais-je sans chercher d'autre explication.

De toute façon, la scène qui se déroule devant moi est flagrante: un voilier flotte dans le brouillard, et à son bord un garçon, à peine plus âgé que moi — il doit avoir quatorze ans, pas plus —, le dirige vers le havre où je suis en train de flâner avec, dans les bras, ma chatte, qui se nomme Rabelaise. Une scène d'une évidence qui demeure quand même impalpable avec ce navire qui arrive sans jamais arriver. Il y a dans l'atmosphère une paresse qui ralentit les éléments et trouble la pensée. Au sortir de cette longue séance d'observation, je reviens à moi comme à la fin d'un assoupissement.

Je dois me secouer ; le temps passe et mes obligations me rattrapent. Je ne peux plus rester là à attendre que le voilier accoste. La nuit tombe, j'ai des commissions à faire et je suis en retard. Déjà, je sais que je devrai remonter la côte qui conduit à notre maison, sur le cap, en pleine noirceur. Tant pis, rentrons et nous reviendrons voir cette goélette noire aux voiles blanches demain, quand elle sera à quai.

« Pour voir le navire et son beau capitaine… » qu'elle dit, Rabelaise. Je l'aime ma sœur tigrée, même quand elle cherche à me provoquer.

Nous quittons le rivage en direction du sommet de la falaise située à la sortie du village. De retour à la maison, une surprise m'attend. Rose, qui n'a cessé de répéter ses morceaux au violoncelle pendant que je lambinais dans le port, se met soudain à pester contre son sort parce qu'il n'y a pas de piano dans la maison, ce qui la prive de nous l'enseigner et, par conséquent, d'un pianiste pour l'accompagner dans l'exécution des sonates de Beethoven. « L'adagio de la sonate n° 5 », prend-elle le temps de spécifier. C'est la première fois de ma vie que je l'entends se plaindre de quoi que ce soit dans le grand pays de Gachepé.

Revenue de ses émotions et prenant conscience de mon retour, elle dit :

— Les enfants, c'est l'heure de manger, car il faudra vous coucher tôt : demain vous allez à l'école.

Elle ne parle plus du piano de toute la soirée, pas plus que je ne parle de la goélette que j'ai vue se bercer à l'entrée du havre. Sans doute suis-je trop occupée à voguer sur ce mystérieux voilier dans le golfe de mes pensées, à la grandeur de mon imagination, pour en dire quoi que ce soit.

«Avec Jim à la barre», qu'elle dit, Rabelaise.

2

L'ÉPÉE DE GRANIT
A DISPARU

Le retour à l'école est mouvementé. Dès la première heure, une crise éclate. Monsieur Pelletier, le directeur, entre dans la classe, le visage blême, aux abois, et nous annonce que l'épée de granit a disparu.

Monsieur Pelletier est à la fois directeur de l'école et directeur du musée du village. Comme à l'accoutumée, il est passé par le musée, ce matin, pour s'assurer que tout y était bien en ordre avant de se rendre à l'école. Stupeur. C'est alors qu'il a constaté que l'épée de granit n'était plus plantée dans la bûche d'érable qui lui sert de socle. Le plus étrange, selon lui, c'est que la porte était verrouillée comme il se doit, et qu'aucune fenêtre n'avait été défoncée. Il est bouleversé, et le voir ainsi nous touche profondément.

— Vous comprenez, les enfants, ce que cela signifie pour le village, bredouille-t-il.

— Oui, murmurons-nous sans avoir la certitude de comprendre aussi exactement que lui la signification de cette disparition.

Monsieur Pelletier est un homme bon, toujours dévoué et très attaché au grand pays de Gachepé. Aujourd'hui, personne n'a envie de rire de sa barbe, que nous qualifions d'hirsute depuis que nous avons bien vérifié la signification de ce mot dans le dictionnaire. C'est Pépin, le plus intellectuel de la famille, et de la classe, à mon avis, qui a le premier qualifié ainsi la barbe de monsieur Pelletier. Capucine, pour sa part, trouve que toute sa tête est hirsute avec ses cheveux blancs qui pointent vers le haut. Quant à Gwin Fournier, toujours à la recherche d'un mauvais coup, il a un jour constaté, quand il a voulu fomenter une révolte, que le caractère de monsieur Pelletier pouvait parfois être hirsute, si l'on peut dire. Quand je pense qu'il s'en trouve dans la classe, comme Iseult, pour prétendre que Gwin est mon amoureux, cela me met le caractère en forme de hérisson, pour rester dans les « h ».

Il n'empêche que notre bon directeur est complètement dépité ce matin. Il constate, à la fin, que ses élèves ne comprennent pas, en vérité, le sens de la disparition de l'épée de granit, et il se met alors en frais de nous l'expliquer. Bien que je ne connaisse pas tout du village, je sais déjà que monsieur Pelletier est le descendant d'une famille de fondateurs. Ses ancêtres faisaient le commerce des pelleteries.

D'où son nom évidemment. Ce qui me rappelle Joachim, qui nous a un jour appris que l'épicier était, à l'origine, la personne qui faisait le commerce des épices et que les navigateurs portugais furent parmi les premiers à se mettre à ce commerce, il va sans dire.

Monsieur Pelletier dit :

— Les pionniers qui voulaient s'installer sur les Côtes-du-Nord de la péninsule ne manquaient pas de courage. Cependant, ils avaient besoin d'un signe du destin pour se convaincre de la justesse de leur dessein, qui était de créer des habitations. Un jour, nos ancêtres, les vôtres et les miens, ont mis le pied sur la berge, en ce lieu qui allait devenir le village où nous vivons. En explorant les environs, l'un d'eux a marché sur une chose curieuse, enfouie dans le sable et les galets. Il a constaté qu'il venait de déterrer un singulier objet : une pierre taillée ayant la forme d'une épée longue comme le bras d'un homme. En beau granit, comme il y en a sur nos rivages, et dont on se sert parfois pour construire des temples et des musées.

Juste à voir la stupéfaction sur le visage de mes amis, je comprends que personne d'entre nous ne soupçonnait que des aventures aussi inattendues avaient pu se produire à deux pas de la maison. Toujours éloquent, le directeur explique :

— Nos ancêtres se sont longtemps demandé si cette épée était le produit du travail de la nature ou de celui de l'homme. À vrai dire, un certain mystère subsiste, mais nous avons toutes les raisons de croire qu'elle a été taillée par des gens qui y accordaient une valeur symbolique, et qu'elle a été transportée jusqu'ici. Ce qui est certain, c'est qu'elle ne faisait pas partie de la culture des Amérindiens, Micmacs et autres, dont nous retrouvons les traces des installations sur la côte. À Cap-Chat ou à La Martre, par exemple. L'histoire veut que l'homme qui a mis le pied sur notre épée de granit, conclut-il, était un monsieur Pelchat, dont Iseult est la descendante.

Nos regards et celui de monsieur Pelletier se dirigent d'un coup vers Iseult, qui se sent bien heureuse de devenir ainsi la vedette de la classe. Aussi bien dire que le regard de mon besson, Yann, n'a pas eu besoin de changer de direction, car il fixe constamment la belle blonde frisée, quoiqu'il s'en défende.

Nous sommes tous absorbés par le récit que fait le directeur. Je remarque surtout qu'il a eu la délicatesse, en parlant des ancêtres, de ne pas souligner le fait que les triplets de Gradlon n'en ont aucun au village — «leurs parents ayant planté leur tente sur le cap avant d'y bâtir la drôle de maison que vous voyez» —, comme le font encore remarquer plusieurs personnes avec méchanceté. Voilà pourquoi il se trouve que monsieur Pelletier est bon.

Quittant Iseult du regard, il reprend :

— Vous qui saviez déjà pourquoi notre village s'appelle LAMEDEPIERRE, vous en connaissez maintenant mieux les raisons. Cela ne nous rend pas l'épée de granit, ajoute-t-il, de nouveau triste après s'être emballé pendant qu'il nous débitait son récit.

La situation devient, à l'évidence, tragique ; selon les explications du directeur, c'est plus que l'emblème du village qui a été subtilisé. C'est sa source inconsciente d'énergie. Comment retrouver l'épée ? C'est la seule question. Il n'y a aucun doute dans l'esprit de monsieur Pelletier : il faut mobiliser le village.

La dernière fois que Lamedepierre s'est lancé dans une pareille opération, c'était pour sauver mon besson, Yann, qui s'était aventuré au large des rochers sur un radeau de fortune, malgré l'interdiction de nos parents. Il n'avait pas voulu obéir, même si la maraîche rôdait dans l'anse. Ce jour-là, le village a constitué une armada prête à se jeter contre le monstre marin qui s'était emparé de mon frère.

Devant une telle démonstration de solidarité, le directeur a raison de croire qu'il sera facile de lancer une nouvelle battue pour, cette fois, retrouver l'épée de granit qui a une absolue signification pour nous. Je le répète après lui parce que, devant l'émotion qui transporte notre directeur, je sens de plus en plus monter en moi l'appartenance à Lamedepierre. Après tout, mes jumeaux et moi, nous sommes nés dans ce village.

« Et nos chattes tigrées aussi », qu'elle dirait, Rabelaise ; je ne voudrais oublier ni Williamme ni Ferronne.

Pendant qu'on se rappelle l'armada rassemblée pour partir à l'assaut de la maraîche, je me remémore soudain la goélette qui naviguait vers le havre de Lamedepierre hier, et je me demande s'il n'existerait pas un rapport entre son arrivée et la disparition de l'épée, le voilier n'étant déjà plus à quai ce matin. Son équipage aurait-il profité du brouillard pour entrer en douce dans le port et dépouiller le village de son précieux bien ? Rapporte-t-on d'autres vols ? Aucune mention.

Sans plus attendre, je lève la main.

— Oui, Brigitte ? dit monsieur Pelletier.

— Croyez-vous qu'il pourrait y avoir un lien entre la disparition de l'épée de granit et la venue de la goélette noire aux voiles blanches hier soir dans le havre ?

Tumulte. Tout le monde me regarde avec l'air de se demander d'où je sors, et personne ne comprend de quoi je parle.

Monsieur Pelletier, le directeur, dit :

— À quelle goélette penses-tu, Brigitte ? Tu sais, ce n'est pas le moment de faire des blagues.

Quoi, des blagues ? Ni le directeur ni les élèves ne paraissent comprendre mes explications. On dirait qu'un voilier a pu se diriger vers Lamedepierre, hier, à la tombée du jour, sans plus attirer l'attention qu'un nuage. Voyons! À croire qu'on s'efforce de me faire avouer que j'ai été la seule à le voir...

3

DES VAISSEAUX FANTÔMES

Toute la classe m'écoute et, plus je parle, moins j'ai le sentiment de convaincre qui que ce soit. Les élèves sont assis en demi-lune devant moi, plus attentifs que jamais, tandis que monsieur Pelletier se tient les bras croisés à côté du tableau.

La porte s'ouvre et laisse entrer monsieur Dubuisson dit Bouchet, le bibliothécaire, ami du directeur, qui s'intéresse autant que lui aux légendes des Côtes-du-Nord du grand pays de Gachepé. Affolé, il cherchait monsieur Pelletier pour établir avec lui la meilleure stratégie d'enquête, car il ne faudrait pas sous-estimer, à son avis, les conséquences de la disparition de l'épée de granit sur la population. Informé de mes révélations sur la venue d'une goélette dans l'anse de Lamedepierre, hier, au crépuscule, monsieur Dubuisson dit Bouchet s'assoit sur un pupitre et, attentif, demande :

— Brigitte, est-ce que tu pourrais nous décrire le voilier que tu as vu ?

— Bien, monsieur, que je lui réponds, c'était une goélette à trois mâts, voilure aurique évidemment, et qui s'avançait, toutes voiles dehors, sous un faible vent arrière. Comme je n'avais jamais vu de goélette à trois mâts, je me suis attardée à reconnaître la voile d'étai qui flottait entre le mât de misaine et le grand mât, et une autre devant le mât d'artimon. Sous le clinfoc, le foc et le petit foc, j'ai remarqué, tout du long, des mouettes juchées sur le mât de beaupré. Sinon, rien de particulier, et je n'ai pas identifié de drapeau à cause du temps sombre. J'étais surtout impressionnée par la voilure blanche qui tranchait au-dessus de la coque noire dans la lumière embrouillée qu'il faisait alors.

Visiblement surpris de la description que je donne du bateau, monsieur Pelletier me demande :

— Qui t'a appris à décrire les voiliers avec autant de précision ?

— Mon père, monsieur le directeur, Joachim de Gradlon, passionné de navigation à voile et qui en connaît long sur les caravelles portugaises du XIVᵉ siècle, et sur tout autre bâtiment.

Tandis que je m'apprête à raconter à la classe tout ce que notre père nous a appris sur l'histoire de la navigation, à commencer par les *Relations* de Jacques Cartier, monsieur Dubuisson dit Bouchet intervient doucement pour nous rappeler que nous n'avons toujours pas éclairci le mystère de la goélette qui s'avançait vers Lamedepierre.

— Si tu as vu des mouettes, tu dois avoir vu l'équipage, lance Iseult.

Sa question m'embête. Personne ne voudra me croire si je prétends qu'il n'y en avait pas, et j'hésite à révéler tout ce que je sais. Toutefois, je dis :

— J'ai remarqué deux silhouettes à l'arrière, près de la roue du gouvernail.

— Est-ce qu'il y avait un chien ? demande Gwin.

Sa question jette la pagaille dans la classe. Dans la confusion, plus personne ne songe à reparler de l'équipage. Je suis soulagée.

— Ça ne peut être qu'un vaisseau fantôme, suggère Capucine, qui a une prédilection pour le mystérieux et l'effrayant.

— Ne riez pas, proteste monsieur Dubuisson dit Bouchet. La présence de plusieurs bateaux fantômes a été signalée partout autour de la péninsule du grand pays de Gachepé.

Si Capucine s'est risquée à en parler, c'est qu'elle connaît une de ces histoires qui remonteraient à plusieurs siècles, celle du Bateau Fantôme de la baie des Chaleurs. Devant nos supplications, elle se met à la raconter.

— Un jour, fait-elle, des pirates de passage à Port-Daniel ont eu la mauvaise idée de massacrer une pauvre vieille pour lui voler ses biens. Avant de mourir, la vieille leur a jeté un sort en leur disant que « tant que le monde serait monde, ils brûleraient sur la mer ».

La grimace de Capucine en dit long sur ce qu'elle pense de ces pirates, et elle poursuit :

— Pendant longtemps, les gens de la région ont pu observer, la veille d'un jour de mauvais temps, la silhouette en feu du bateau de malheur avançant toutes voiles au vent. Mais personne n'a jamais pu s'approcher du vaisseau mystérieux, qui s'est toujours éloigné des vivants.

L'atmosphère de la classe vient de changer. Le mystère évoqué par la voix tremblotante de Capucine nous impressionne. La nervosité progresse entre les pupitres comme le feu sur une mèche.

Ne perdant pas de vue son rôle de directeur et sans doute inspiré par la recherche de l'épée, monsieur Pelletier nous sert un examen improvisé. Il demande :

— Quelqu'un connaît-il une autre légende ?

Ainsi que je m'y attendais, Pépin, mon besson, lève la main.

— Ça se passait à Restigouche, en 1760, à la fin de la bataille entre l'Angleterre et la France, commence-t-il. Le commandant britannique, qui n'était pas satisfait d'avoir détruit la flotte française, fit piller et raser les villages acadiens des environs, privant la population de maisons à la veille de l'hiver, tuant ainsi des innocents. Sa folie meurtrière lui aurait valu, selon ce qu'on rapporte, d'être condamné par les foudres divines à errer sans fin sur un vaisseau noir en proie aux flammes d'un enfer flottant.

Il l'a apprise de nos parents, j'en suis certaine. Je suis surprise de ne pas la connaître moi aussi. Mon jumeau m'impressionne une fois de plus. Pépin termine à peine que monsieur Dubuisson dit Bouchet ajoute :

— Il existe deux autres versions de la même légende. La première voudrait que «le feu de la Baie», comme disent les vieux Acadiens, qui consume un bateau anglais, soit attribuable à une étincelle de l'incendie des maisons, et que le navire en feu s'éloigne au fur et à mesure qu'on s'avance vers lui. Des pêcheurs de Paspébiac en auraient fait l'expérience.

Malgré leur scepticisme, les élèves voient là une juste revanche pour les

Acadiens, même si elle relève de la fantasmagorie.

— Selon l'autre version, plus élaborée, reprend le bibliothécaire, les militaires anglais essayèrent vainement durant la bataille de Restigouche, comme le contait Pépin, de couler le dernier bateau français encore capable de résister à leurs attaques. Malgré un gréement avarié, son capitaine réussissait à échapper aux tirs de l'ennemi. Puis, à la fin, les mâts et les voiles s'enflammèrent et le bateau fut enveloppé de fumée un long moment. Finalement, ce nuage s'éleva lentement dans les airs et rien, dans les eaux de la baie, ne laissa croire qu'il venait de couler. Il ne pouvait pas non plus s'être enfui.

Le conteur s'arrête, laisse monter le suspense, nous regarde, cherchant à deviner si nous avons imaginé la suite et, sur le ton du dénouement, il dit :

— Il serait monté dans les airs au milieu du nuage qui l'enveloppait. Depuis, un vaisseau fantôme se promènerait sur la mer et dans le ciel; des pêcheurs prétendent l'avoir vu s'avancer sur l'eau, toutes voiles dehors, surtout la veille d'un jour de mauvais temps, et s'élever lorsqu'on veut trop s'en approcher pour observer la vie sur le pont.

Silence. Pendant l'instant qui suit la conclusion de cette version de monsieur Dubuisson dit Bouchet, je suis certaine que les élèves sont en train d'effectuer des rapprochements entre les histoires de vaisseaux fantômes qu'ils viennent d'entendre et ma propre histoire de goélette dans l'anse de Lamedepierre. Ils auront beau dire, je ne doute pas d'avoir vu un bateau noir aux voiles blanches s'avancer vers le havre dans le brouillard. Il aura sans doute fait demi-tour pendant que je remontais vers la maison et que les gens se tenaient à l'abri sous les toits. Ce qui expliquerait que personne ne l'ait vu.

Attristée par le ton dramatique des légendes que nous venons d'entendre, je préférerais que ces aventures relatent plutôt la rencontre d'un matelot énigmatique et d'une fille à l'esprit téméraire voyageant sur leur vaisseau comme des nuages sur les mers.

Sans prévenir, monsieur Pelletier me tire de mes songeries en disant :

— En admettant que Brigitte ait réellement vu ce voilier, je connais d'autres récits de vaisseaux fantômes qui nous mettront sur la piste pour retrouver l'épée de granit. D'abord, il y a cette légende ancienne, qui s'inspire notamment des voyages de Cartier, où l'équipage d'un des premiers bateaux européens à venir près des côtes aurait enlevé un groupe d'Indiens pour les vendre comme esclaves. À son deuxième voyage, le capitaine aurait voulu répéter son acte, mais, connaissant le piège, les indigènes incendièrent le bateau qui, depuis, hanterait les parages.

Nous nous les imaginons à peine traînassant dans les alentours qu'il enchaîne avec une autre odyssée fantastique :

— Selon de nombreux témoignages, des bateaux conduits par des équipages fantomatiques seraient revenus sur les lieux de leurs crimes à la tombée de la nuit. Ces «navires de mauvais temps», sortis de nulle part, disparaîtraient à la vue de leurs observateurs pour réapparaître plus loin.

Tout à coup, je me dis que ce récit pourrait ressembler au mien. Puis le directeur ajoute :

— On rapporte le cas de deux naufragés, sauvés par un vaisseau fantôme, qui auraient découvert le pont de celui-ci jonché de cadavres et son capitaine cloué au mât par une lance. Après une nuit de cauchemar, les naufragés prirent la barre pour s'apercevoir que, la nuit suivante, les cadavres reprenaient vie pour se battre et s'entretuer à nouveau. C'est alors que le commandant, dans l'état que l'on sait, expliqua à ses passagers que son équipage était condamné à ce sort diabolique tant qu'il ne toucherait pas terre. « Mais comme le navire erre en haute mer, il s'agit d'un sort éternel », gémit-il. Le lendemain, l'un des naufragés se rendit jusqu'au rivage en chaloupe, non sans peine, et rapporta un sac de terre qu'il répandit sur les cadavres, qui disparurent progressivement. Alors, les deux naufragés s'enfuirent sur la chaloupe et le vaisseau s'abîma dans les flots.

Plus il y a de versions et plus elles deviennent macabres, me dis-je. Et je ne suis pas la seule à le croire : à voir la mine des garçons et des filles de la classe, je suppose qu'ils pensent la même chose que moi.

Les récits d'esclaves, de batailles et de cadavres ont interrompu mon élan : je commençais à m'inventer une histoire où un vaisseau fantôme, piloté par un beau capitaine, emportait avec lui une jeune fille qui devenait son amoureuse, et ils naviguaient ensemble en se disant des mots d'amour. Leur bateau parcourait les mers chaudes, allant d'île en île pour se ravitailler. Comme je me glisse à nouveau dans cette vision sentimentale, une voix coupe court encore une fois à mes dérives et me ramène au présent.

Monsieur Pelletier dit :

— Ne perdons pas de vue que l'épée de granit a disparu et que nous avons peu d'indices pour la retrouver. Peut-on croire qu'une goélette soit entrée dans le port à la faveur de la nuit et que son équipage ait dérobé notre épée ? Il n'y a pourtant pas de traces d'effraction.

Le directeur a raison de poser la question, et le fait que je sois la seule à avoir vu ce voilier me semble inexplicable. Je voudrais revenir à mes amoureux voguant sur les mers tropicales quand monsieur Dubuisson dit Bouchet déclare :

— Vous m'excuserez, mais avant de

partir je tiens à vous conter le plus beau récit de vaisseau fantôme que je connaisse, celui de Blanche Lamontagne, la première poétesse du grand pays de Gachepé.

— Et pourquoi est-il si beau? demande aussitôt Iseult.

— Parce que c'est une histoire d'amour, répond le bibliothécaire, de l'air de celui qui en sait plus long qu'il n'en dit.

Enfin! j'ai hâte d'entendre son récit, même si je suis certaine qu'il finira mal. Monsieur Dubuisson dit Bouchet veut commencer, sauf qu'il est retardé par Gwin qui dit toujours des niaiseries quand on parle d'amour. Monsieur Pelletier lui jette un regard *hirsute*, et c'est suffisant pour qu'il se taise.

Monsieur Dubuisson dit Bouchet entame:

— *Le navire était noir et les voiles étaient blanches.* Ce sont-là les premiers mots du récit de Blanche Lamontagne, précise-t-il. Selon la poétesse, *c'était un vaisseau mystérieux monté par un équipage invisible.* Certains soirs, on croyait entendre, en provenance du navire, un chant de femme doux et plaintif. Un *beau capitaine* prétend avoir aperçu à son bord sa bien-aimée vêtue de blanc, *belle comme une déesse*, morte depuis dix ans, tandis qu'*un brouillard léger flottait à l'horizon.*

Une fois encore le conteur nous tient en haleine par ses intonations et ses silences. Puis, un ton plus haut, il reprend :

— Fou de joie, il s'élance pour la saisir, mais le vaisseau n'était qu'une vision.

J'entends un « hannnn ! » de déception.

— Inconsolable, le capitaine part tous les soirs jusqu'au matin scruter *l'infini de la mer profonde* sur sa barque grise. Des larmes tombant de ses yeux, il dit à son fantôme adoré que la soif d'amour met dans son âme l'éternel désir de la voir.

Après une pause, le bibliothécaire ajoute, me regardant :

— Le récit se termine comme il a commencé : *Le navire était noir et la voile était blanche...*

C'est à mon tour de le dévisager, interloquée, insultée. Veut-il insinuer que je connaissais le récit de Blanche Lamontagne et que j'ai inventé l'histoire de la goélette pour attirer l'attention ou pour brouiller les pistes ? J'entends déjà des commentaires mesquins qui le confirment. Déjà triste, émue par le désespoir du beau capitaine pleurant la perte de son amoureuse, voilà que je me mets à pleurer à mon tour. Je me sens seule, abandonnée, trahie. Je suis coincée, tous les élèves vont croire que j'ai voulu les ridiculiser. Sans compter que Rabelaise n'est pas là pour me consoler. Quoi dire ? Les larmes coulent.

— Ne pleure pas, console monsieur Pelletier. Que vas-tu t'imaginer ? Ce n'est qu'une coïncidence. Tu ne pouvais soupçonner l'importance de l'épée de granit avant de nous parler de ce voilier fantôme.

— Tu aurais raconté ton histoire de goélette noire et blanche un autre jour que nous en aurions tous été très heureux, ajoute le bibliothécaire.

Voilà qui n'est pas pour me calmer. Heureusement, comme toujours dans la détresse, je ressens peu à peu les ondes de mes jumeaux qui me soutiennent. Ils n'ont encore rien dit, mais leur appui me réconforte.

Je dis :

— Le récit du beau capitaine à la recherche du fantôme de sa bien-aimée m'a bouleversée, mais, croyez-moi, je ne le connaissais pas quand je vous ai parlé de la goélette.

Est-ce qu'ils me croient ? Je ne le sais pas.

— Ce qui presse maintenant, c'est de retrouver l'épée de granit, dis-je.

La signification de l'épée m'avait échappé jusqu'à présent. Je me contentais de savoir qu'elle était la source du nom du village.

— Elle a en effet une valeur symbolique primordiale et sa disparition peut avoir de graves conséquences sur la vie de nos concitoyens, confirme monsieur Pelletier.

Après quoi il annonce que les cours sont suspendus le temps des recherches. Premier signe de l'effet considérable que la disparition de l'épée a sur le village : aucun élève ne se réjouit du congé improvisé.

Je m'éloigne, troublée par ce que je viens de vivre, soudain remplie de la conviction que c'est à moi qu'il revient de retrouver l'épée de granit.

4

JE VISITE LE MUSÉE

Le village ne m'est jamais apparu aussi intime et immense à la fois. J'exagérerais si je disais que je raffolais de son nom jusqu'à présent. Lamedepierre. À compter d'aujourd'hui, non seulement je le comprends, mais il m'émeut. L'épée de granit a disparu et il faut la retrouver pour protéger l'intégrité du village. Je milite. Moi, Brigitte de Gradlon, je me sens concernée. Une autre façon de dire que je sens qu'il est de mon devoir de la remettre sur son socle.

Voilà ce qui tourne et retourne dans ma tête depuis un moment. Sortie de l'école, je marche, seule, sur le chemin de la Rivière. Je suis poursuivie par l'image de la goélette qui glisse, toutes voiles déployées, vers moi. Était-elle noire à voilure blanche? Pourquoi ne suis-je pas restée sur le quai jusqu'à l'accostage? Ai-je bien vu un équipage? Jim?

Sans raison apparente, je choisis de faire demi-tour et de me rendre sans attendre au musée, où se tient la réunion fixée par monsieur Pelletier. En entrant, face à la porte, je vois le socle d'érable où est normalement plantée l'épée. Des gens scrutent la pièce de bois pour y découvrir quelque indice sur le vol de l'objet emblématique. Serait-ce que j'ai une autre prémonition? Voici que je ressens très fort le besoin de faire une visite attentive de l'exposition. Rien de comparable avec nos explorations scolaires, où je n'ai que rarement été concentrée. Une voix me dit qu'il y a dans ces photographies et ces objets rassemblés des indications indispensables à la conduite de mon enquête. En attendant les invités, je commence ma tournée.

À gauche de l'entrée, dans une armoire vitrée, il y a un violon sous lequel je lis, sur un carton glissé au milieu d'un bloc : VIOLON DE PAUL FOURNIER. Première conclusion : il s'agissait là d'un ancêtre de Gwin. J'espère qu'il était plus intelligent que son descendant. D'ailleurs, depuis que Yann est devenu son ami, il n'est plus le même avec Pépin et moi. Ce n'est pas le moment.

Je lis aussi : CE VIOLON A FAIT DANSER TOUTES LES FAMILLES DES ALENTOURS. La photographie d'une femme qui danse pendant que joue le violoneux est là pour l'illustrer. La légende est dactylographiée sur un papier jauni sur le point de tomber.

Je continue. Toujours dans l'armoire vitrée, mais plus loin, se trouve un vieil appareil Kodak, pliant, un de ces modèles sur lequel la lentille est placée au bout d'un soufflet. Tout à côté on a écrit, sur un autre carton monté sur un bloc de bois : APPAREIL AVEC LEQUEL LE DOCTEUR COTNOIR A PRIS LES PHOTOS DU GRAND SAULT DE LA RIVIÈRE-MADELEINE. Des agrandissements montrant un moulin à papier bâti le long d'une chute et un train qui a déraillé dans la montagne expliquent ce que fut le plus grand projet industriel des Côtes-du-Nord du grand pays de Gachepé au début du XXe siècle. Les noms des personnes qui apparaissent sur les photos correspondent à ceux des habitants du village. Au moment où je remarque qu'il n'y a pas de Dionne, Capucine se glisse doucement à mes côtés.

— Je te crois quand tu dis que tu as vu une goélette, fait-elle. J'espère que tu n'es plus aussi triste.

— Tu me crois parce que tu es mon amie.

— Oui. Je pensais que Pépin était avec toi, dit-elle.

— Tu es mon amie parce que Pépin est mon jumeau, n'est-ce pas?

— Ce que tu peux être idiote certaines fois, répond-elle.

— C'est vrai, mais terminons ensemble la visite de l'exposition, que je lui suggère.

Capucine accepte, car elle sait que, tôt ou tard, Pépin se joindra à nous. Nous nous dirigeons vers le gros chaudron en fonte noire qui a été déposé sur des morceaux de bois à moitié calcinés. Au bout d'un petit poteau, cloué au sol, on lit : CHAUDRON DE GERTRUDE. C'est tout.

— Ce chaudron était magique, dit Capucine.

— Pourquoi?

— On y mettait de la graisse animale, beaucoup, du caustique, de l'eau et de la résine, on faisait bouillir, on laissait refroidir et ça donnait du savon.

— Et lui aussi il était magique ? dis-je en montrant un immense panache d'orignal suspendu au mur.

— Presque ! C'est l'explication de la plus grosse menterie jamais contée par un chasseur, répond-elle avant de lire : PANACHE VÉRITABLE DE L'ORIGNAL TUÉ AU PREMIER-LAC PAR LE CHASSEUR QUI NOUS A FAIT ACCROIRE, PENDANT DES ANNÉES, QU'IL AVAIT RATÉ LE PLUS GROS SPÉCIMEN DU PAYS.

— Une chance qu'ils n'ont pas essayé de faire la même chose avec toutes les histoires de morues des pêcheurs, dis-je.

— Parlant de pêche, reprend Capucine, ce que tu vois, c'est le CABESTAN DE JUDE. Cet appareil servait à remonter les barques sur la grève.

Dans une scène rappelant vaguement une forge, on a disposé les OUTILS D'ANICET, MARÉCHAL-FERRANT à côté de la CHARRETTE À FOIN DE JOSUÉ.

— C'est le thème du cheval, dis-je, amusée. Je lis : MONSIEUR JOSUÉ DUBUISSON DIT BOUCHET.

— Le grand-père du bibliothécaire, confirme Capucine.

Nous terminons notre tournée à la droite de la porte où se trouve un bassin ayant appartenu à l'ancêtre d'Iseult, celui qui a dégagé l'épée de granit avec son pied. À proximité, sur un lutrin de bois, repose un cahier relié portant l'inscription : LIVRE DES GÉNÉALOGIES DE LAMEDE-PIERRE. On y a consigné les noms de toutes les personnes nées au village avec leur date de naissance. Voilà pourquoi ceux de Yann, de Pépin et le mien y apparaissent et non ceux de nos parents.

Midi vient de sonner, la salle s'est remplie et les gens regroupés autour de monsieur Pelletier discutent fermement de la meilleure stratégie à adopter. Comme il est très évident qu'ils sont peu disposés à écouter nos suggestions, celles de

Capucine et les miennes, nous concluons en même temps que l'heure est venue d'aller consulter la femme fée, qui a sûrement des indices à nous fournir. Nous sortons du musée à la minute où arrive Pépin. Il se joint à nous. « C'est Capucine qui est contente », qu'elle aurait dit, Rabelaise.

Le musée est rempli d'indices et j'ai la certitude que cette visite m'aidera à découvrir avant quiconque où se cache l'épée.

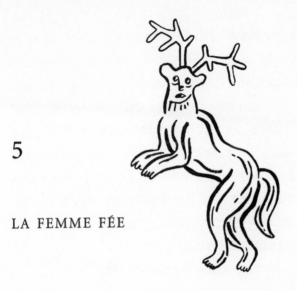

5

LA FEMME FÉE

Irène habite une petite maison jaune construite au bord de la rivière, à l'orée d'un pré immense où pousse le trèfle et dans lequel elle a installé des dizaines de ruches. Une gigantesque abeille de bois a été déposée dans son parterre pour en informer les gens. C'est une femme très jolie, qui me semble un peu plus âgée que Rose.

Au village, les opinions sont très partagées à son sujet. Ceux qui l'aiment

apprécient sa bonne humeur, son hospi-
talité, son vin herbé et ses pouvoirs
magiques. À tout instant, on a recours
à ses talents pour arrêter le sang, faire
disparaître une verrue, préparer une
tisane de plantes sauvages, retrouver un
objet perdu ou prédire l'avenir dans des
feuilles de thé ou les lignes de la main.
Ceux-là disent que c'est une fée. Les autres
la traitent de sorcière.

Notre trio, Capucine, Pépin et moi, a
quitté le musée alors que les discussions
à propos d'une opération de recherche
s'embourbaient dans des considérations
techniques sur les moyens à employer par
mer, par terre et dans les airs. Comme
aucun ne dispose d'un véritable indice,
j'ai préféré partir avant qu'ils ne m'inter-
rogent à nouveau sur le voilier.

Nous marchons vers le chemin qui
conduit chez Irène lorsque nous voyons le
triumvirat composé de Gwin, d'Iseult et
de Yann prendre la direction du quai.

Après le naufrage de son radeau dans les eaux contrôlées par la maraîche, le monstre marin qui lui en a fait voir de toutes les couleurs, je ne crois pas que Yann réussira à convaincre ses amis de construire un autre flotteur.

— À voir leur air décidé, je suis certain qu'ils ont un autre projet en tête, dit Pépin.

— Ils doivent avoir concocté un plan pour rapporter l'épée de granit avant tout le monde, renchérit Capucine.

— Laissons-les essayer et allons plutôt consulter la femme fée, dis-je, tandis que nous poursuivons notre chemin.

La maison d'Irène brille en pleine lumière. Son occupante arrive par le sentier qui parcourt la prairie, un panier rempli d'herbes, de branches, de cocottes, de racines et de feuilles à la main. Elle rentre de sa cueillette journalière qui lui permet de faire des provisions avant les froids de l'hiver. Une fois qu'elle a déposé son chapeau, je vois un peigne d'argent dans ses cheveux tressés. Elle porte un vêtement pourpre sur lequel on reconnaît des dessins d'animaux. Ses mains sont blanches; ses joues, roses; ses sourcils, foncés; ses dents, comme des perles que laissent découvrir des lèvres rouges.

— Vous êtes bien silencieux, les enfants, quelque chose vous chicote? fait-elle. Venez vous asseoir, et je vais vous servir une boisson faite d'eau et de miel.

— Savez-vous, Irène, que l'épée de granit a disparu du musée ce matin? dis-je.

— Hmmm, oui, murmure-t-elle à la manière des gens qui ne veulent pas se compromettre.

— Pourquoi hésitez-vous? demande Pépin sans détour.

— Quelle certitude avez-vous que l'épée a réellement disparu ce matin? répond-elle.

— C'est ce que monsieur Pelletier est

venu dire en classe, affirmons-nous d'une seule voix.

Pendant qu'elle mélange l'hydromel qu'elle servira dans une minute, elle se prépare, de toute évidence, à nous faire une révélation.

— Je reconnais que je ne suis pas tellement surprise d'entendre dire que l'épée de granit de Lamedepierre n'est plus au musée, finit-elle par avouer après avoir déposé un verre devant chacun de nous. Les gens m'attribuent des dons de prescience et de divination auxquels la majorité n'accorde que peu d'attention. Pourtant, je sentais depuis longtemps qu'une force particulière était rattachée à cette épée. En raison de sa fabrication même, il m'apparaît évident qu'elle vient d'ailleurs et qu'elle risquait donc, un jour, de repartir vers l'univers qui était le sien.

Elle s'arrête, se concentre, ce qui nous oblige à en faire autant, puis raconte :

— Il était une fois, à l'aube des temps, une peuplade qui vivait dans une île située au nord du monde connu. Son existence aux confins de l'histoire a conduit, au fil des siècles, au monde actuel et, pourquoi pas, à notre village. Trois femmes régnaient sur les destinées de cette île.

Pépin est déjà captivé par les paroles d'Irène. Elle poursuit :

— Dans ces temps reculés, la principale occupation des humains était de lutter pour leur survie. La chasse se trouvait donc au centre de leurs activités. Tout ce qui s'y rattachait, chasseur et gibier, prenait forcément une signification très grande. Mais, lorsque les chasseurs revenaient les mains vides, la misère et la famine commençaient. Vous me suivez ?

— Oui, et nous attendons vivement la suite, répondis-je.

— Les trois femmes qui régnaient sur ce peuple comprenaient qu'elles devaient calmer leurs sujets quand ces situations critiques se présentaient. Il fallait que le gibier, surtout le cerf, revienne et ne disparaisse plus jamais. On se mit donc à implorer et à supplier l'animal, on lui voua bientôt un culte qui le sacra seigneur de la forêt. Non seulement il était respecté parce qu'il nourrissait la peuplade, mais on en fit le compagnon du chasseur. Si bien que de cette rencontre naquit un être supérieur, le dieu chasseur. Les gens se mirent à sculpter dans la pierre des images à sa gloire : elles représentaient un homme portant des cornes de cerf.

Nous buvons notre hydromel sans un mot tout en espérant que le récit continue.

— C'est ainsi que, petit à petit, des personnes et des choses dans cette île prirent une dimension surnaturelle. Les trois femmes, qui étaient des reines, devinrent, aux yeux de leur peuple, des déesses qui savaient parler avec le monde de l'au-delà parce que leur prière au dieu chasseur leur assurait l'abondance. Il en allait de même pour les récipients qu'on associait aux banquets : lorsqu'ils étaient remplis, les habitants y voyaient le symbole de leur opulence.

Pépin continue de porter son verre à ses lèvres sans se rendre compte qu'il est vide. Irène sourit et reprend :

— Les forgerons se mirent à fabriquer des chaudrons de bronze sur lesquels ils dessinaient des reliefs en hommage à ce dieu et aux déesses. D'autres animaux se virent attribuer des rôles symboliques : le corbeau fut associé à la mort, le cheval signifiait la beauté, le courage et la rapidité. Non seulement il pouvait tirer des charrettes, mais il portait des chevaliers qui défendaient l'île contre l'ennemi. Le prestige des chevaux devint très grand, et les chevaliers qui les montaient furent à leur tour considérés comme des dieux, les dieux de la guerre. Les dieux et les déesses eurent des enfants qui leur succédèrent. Des sculptures commémoraient leur gloire.

Au moment où je m'attends à ce qu'elle parle de l'épée, Pépin demande :

— Est-ce qu'ils avaient un livre des généalogies, eux aussi ?

— Pas comme celui de Lamedepierre, dit Irène, car ils n'avaient pas de tradition écrite. Ce qui ne veut pas dire que leur généalogie n'existait pas. En lisant notre *Livre* en partant du dernier nom et en remontant vers le premier, nous traversons une succession de générations qui nous ramène au nom du fondateur.

— À l'ancêtre d'Iseult, dit Capucine.

— Et vous serez d'accord avec moi pour dire que, si nous pouvions poursuivre ainsi en écrivant l'un devant l'autre les noms de tous ceux qui les ont précédés, nous pourrions remonter aussi loin qu'à l'île des trois déesses.

Nous sommes impressionnés. Je me dis aussitôt qu'Irène doit être une descendante de ces déesses.

— C'est en quelque sorte la même

chose pour les objets, enchaîne-t-elle. Ceux qui sont dans notre musée sont, pourrions-nous dire, des descendants de chaudrons, de cornes, de charrettes et d'autres objets dont les origines se situent, elles aussi, à l'aube des temps. J'admets toutefois qu'ils n'ont plus la même utilité ni le même rôle symbolique que leurs prédécesseurs.

— C'est pour cette raison qu'il y a des musées, observe Pépin.

— Sûrement, approuve-t-elle. Alors dis-moi, Pépin, est-ce que tu pourrais regrouper les objets de notre musée en familles comparables à celles qu'il y avait dans l'île des trois déesses?

Pendant que Pépin cherche, elle donne un exemple :

— Prenons le cas des récipients, soit le bassin de monsieur Pelchat, le chaudron de Gertrude et les autres, et mettons-les dans une famille que nous appellerons *chaudron*; les photos, les gravures, les statues et autres icônes, regroupons-les dans la catégorie *image,* comme les sculptures du dieu chasseur.

Capucine, qui a compris où Irène veut en venir, l'interrompt et dit :

— Je peux mettre le panache d'orignal avec les *cornes* de cerf!

J'interviens à mon tour :

— Les outils de maréchal-ferrant et les attelages vont avec le *cheval,* tandis que les tombereaux et les carrioles peuvent être classés avec la *charrette* de monsieur Josué. C'est ça ?

— Exactement, fait Irène.

Pendant que l'énumération se poursuit, l'image de l'épée de granit ne me quitte pas. La femme fée nous a parlé de chevaliers et de guerriers sans mentionner leurs épées. Pourtant, je peux m'imaginer que le peuple montrait à ses héros un respect considérable. Des armes taillées dans la pierre devaient orner l'entrée des campements, la porte des châteaux; on devait les croiser sur des boucliers ou montrer un chevalier, la paume de la main ouverte, appuyé sur une épée piquant le sol. Donnant sans prévenir une manifestation de ses dons de magicienne, Irène se tourne vers moi et dit :

— Brigitte se demande pourquoi l'épée de granit ne se trouvait pas dans les familles d'objets dont nous venons de parler.

J'avoue, stupéfaite, qu'elle lit dans mes pensées. Je l'observe droit dans les yeux et son regard se transforme de façon à peine perceptible. On dirait qu'un filtre ne laisse plus passer que l'énigme qui l'habite.

— Il se dégage de cette épée une force qui n'appartient pas au présent, affirme-t-elle. Sa fabrication, contrairement à celle du chaudron de Gertrude, n'est pas récente. À mon avis, cette épée a franchi le temps d'un bond pour se retrouver sur notre rivage ; elle est sortie de son époque pour des raisons que nous allons bientôt découvrir.

— Monsieur Dubuisson dit Bouchet expliquait, ce matin, que sa disparition risquait d'avoir des conséquences néfastes, dis-je. Quel effet cela peut-il entraîner sur le village?

— C'est comme une amputation ou une expropriation, répond spontanément Irène. La population de Lamedepierre a, avec son épée, des liens plus forts qu'elle ne le croit. Comme on dit d'un amputé qu'il a mal au membre qu'on lui a enlevé, on sait qu'une population expulsée de ses maisons et de ses terres se ressent toujours de la perte de ce lieu, même après s'être relogée ailleurs.

Alors que nous demeurons silencieux depuis un long moment, essayant de bien comprendre ce que la femme fée vient de nous raconter, voici qu'elle dit tout doucement:

— Je crois que l'épée de granit a été retirée de son socle hier, à la tombée de la nuit, et non ce matin. J'ai vu un vaisseau qui semblait voguer dans un mirage au-dessus des flots et s'emparer de l'épée pour la rendre à ceux qui l'ont façonnée.

Étonnée, je suis du coup soulagée de découvrir que je n'étais pas la seule à avoir aperçu le voilier. Sauf qu'elle ajoute :

— Dans un songe, j'ai vu un beau capitaine éploré qui errait sur son navire à la recherche de son amoureuse disparue depuis des siècles. Lorsque je me suis réveillée, le soleil se levait et, tout de suite, j'ai eu la certitude que l'épée de granit avait été emportée. Le rapport entre l'amoureuse et l'épée sera difficile à résoudre, car il semble se perdre comme un fantôme entre le passé et le présent. Peut-être l'un de vous pourra-t-il y parvenir ?

Pépin et Capucine sont aussi troublés que moi par les révélations de la femme fée. Nous le sommes à tel point que nous partons sans dire un mot de plus, en oubliant de lui demander où chercher.

Je suis assise avec mes amis sur cette grève où fut découverte l'épée de granit. Le passé subsisterait dans le présent, selon Irène, pour les personnes qui sont capables d'en reconnaître les traces. Si je marchais dans le sable et les galets, je pourrais, à mon tour, mettre le pied sur l'épée qu'on aurait à nouveau dissimulée à cet endroit. Peut-être cela me permettrait-il de remonter le temps, de connaître ses origines? Comme Pépin qui tente de reconstituer l'histoire de la famille de Gradlon. Quand je regarde au large, je me dis que chaque bateau qui passe est chargé de l'histoire de tous ceux qui ont navigué dans le golfe avant lui.

Pareilles aux mots d'Irène, les vagues qui mouillent nos souliers seraient le prolongement et le recommencement de la mer, et la mer serait une grande mémoire qui a transporté et nourri les gens qui vivent sur ses rivages.

6

UNE GOÉLETTE À TROIS MÂTS

Pendant que le soleil se lève, la famille de Gradlon est à table, assise en demi-cercle devant le mur de fenêtres. Williamme, Rabelaise et Ferronne sont couchées sur les tablettes des châssis et regardent avec intérêt les oiseaux qui virevoltent au bord de la falaise. Le vent d'ouest pousse une houle raisonnable sur la grève de galets.

La discussion qu'il devait y avoir au sujet de la goélette fantôme a eu lieu pendant le petit déjeuner qui se termine. Joachim m'a interrogée sur son gréement et m'a demandé si j'avais pu lire son nom ou reconnaître son drapeau. Rose voulait comprendre les circonstances, où j'étais, la couleur du temps; elle m'a parlé du phénomène des mirages qui se produisent sur l'eau. Puis les parents ont récapitulé leurs connaissances sur les vaisseaux fantômes du grand pays de Gachepé avant de passer à autre chose, comme par exemple l'expression d'un regret sincère après le vol de l'épée de granit. En dernier lieu, Rose a encore une fois déploré l'absence d'un piano. « Même un petit piano droit suffirait », a-t-elle concédé.

— Père, demande Yann, les cours étant suspendus, est-ce que tu m'aiderais à dessiner la dérive sur le plan de mon dériveur?

Je m'amuse un peu de cette manière qu'a Yann de dire « père » et « mère » aux parents par respect pour l'ancêtre de Gradlon. Il voudrait nous convaincre,

Pépin et moi, de l'imiter. Depuis que j'ai entendu la femme fée, hier, je suis tentée de le faire.

— Dis oui, père, et en échange je t'aiderai à construire ta caravelle.

Sur ces entrefaites, Rose interrompt la conversation et demande :

— Qui de vous trois irait au magasin pour me rendre service ?

Sans réfléchir ni laisser le temps à mes jumeaux de réagir, je me propose, mue par l'intuition qu'il vaudrait mieux que je sois *en bas* que sur le cap aujourd'hui.

Au bout de ma course, essoufflée, je suis devant le comptoir en train d'énumérer à la marchande les articles que contient la liste que mère a préparée lorsqu'un pêcheur à la retraite dit tout bonnement :

— Regardez-moi le beau voilier qui s'efforce de rentrer au quai poussé par un petit vent d'en haut !

Ne prévenant personne, j'abandonne tout sur le comptoir et je me jette dehors pour voir le bateau qui se dirige vers le havre. À peine arrivée de l'autre côté de la porte, je me fige comme un monument de bronze : le voilier qui arrive à Lamede-pierre est une goélette à trois mâts. J'ai forcément un sentiment de déjà-vu. Comment faire autrement, car j'ai l'impression étrange de revoir le voilier qui glissait dans le brouillard avant-hier. Ai-je des visions ? Aurais-je les mêmes dons de prémonition qu'Irène ?

Cette fois, nous sommes nombreux sur le quai à assister à l'accostage de la goélette. « Sauf que tu n'as pas voulu que je vienne avec toi », qu'elle doit dire, Rabelaise, couchée dans mon lit. J'ai un pincement au cœur en pensant à elle, promettant de ne pas l'oublier la prochaine fois, et je l'embrasse dans mes pensées. D'ailleurs, mes pensées sont vite attirées vers la mer, car le vaisseau qui arrive est encore plus majestueux que le premier que j'ai vu, si possible. Sa coque est d'un vert irlandais resplendissant et ses voiles sont blanches. Sa proue divise la houle en deux avant qu'elle ne se reforme dans le bouillonnement qui se creuse derrière l'étambot.

Sous les haubans de misaine, en lettres blanches, on lit MANANANN sur la coque. Avant d'être le nom de la goélette, je sais, grâce à Joachim, que Mananann est d'abord le nom du dieu celtique de la mer qui chevauchait les vagues et dont le manteau ressemblait à l'océan. L'espace d'un instant, je revois père nous répétant : « C'était aussi un magicien : il aidait le peuple de la déesse en lui fournissant un bateau qui obéissait aux pensées de celui qui le conduisait, il lui donnait un cheval qui se déplaçait aussi bien sur mer que sur terre et une épée capable de transpercer n'importe quelle armure. »

J'ai beau être très occupée à observer les manœuvres d'accostage, je comprends soudain le rapport véritable qui existe entre les familles d'objets dont Irène parlait et les dieux que père nous a décrits. Non seulement *le cheval* et *l'épée* s'y retrouvent comme au musée, mais je suis certaine que la magie du bateau qui obéit aux pensées de son conducteur est celle-là même qui a animé la goélette sans équipage que j'ai vue dans le brouillard. Cette révélation arrive comme la réponse à un problème de mathématique au bout d'un long calcul. Après le dieu de la chasse et le dieu de la guerre, c'est au tour du dieu de la mer de rappeler son existence et de se manifester sous la forme d'un grand voilier.

Brusquement, mes réflexions sont interrompues par l'arrivée d'Iseult et de sa famille se dirigeant vers la passerelle qu'on a déroulée sur le quai. Je suis tentée de me porter à leur rencontre, mais je décide qu'il vaut mieux rester à l'écart.

Attentive à suivre ce qui se passe sur le quai, je sursaute quand une voix me dit :

— Est-ce que cette goélette ressemble à celle dont tu as parlé à l'école ?

C'est madame Ribotte, toujours désagréable, qui m'interroge d'un air cynique. Je n'ai pas l'intention de me laisser piéger par ses insinuations. Sans plus réfléchir, je réponds :

— Il n'empêche que l'épée de granit n'est toujours pas sur son socle !

— C'est vrai, mais comme tu es la seule à voir un vaisseau fantôme par temps sombre, tu devrais pouvoir la retrouver…

Je crains qu'elle ne m'amène sur un terrain glissant, car je sens qu'elle veut encore une fois médire contre ma famille. En même temps, je ne veux pas perdre de vue ce qui se passe sur le pont où sont arrivés Iseult et ses parents.

— Je croyais que la particule de noblesse des *de* Gradlon te permettrait de retrouver une épée plus facilement que nous. À moins que tu en sois réduite à suivre les conseils d'Irène ?

Je ne veux plus entendre les insinuations de cette langue sale. La mère Ribotte fait partie de ceux qui rient de notre maison parce qu'elle ne ressemble pas à toutes les autres. Avant de me rapprocher du bateau, je lui dis :

— Ce serait bien, madame, si vous lisiez un peu plus les livres qu'il y a à la bibliothèque ou si vous alliez visiter le musée !

Elle me regarde, sa bouche ouverte surmontant son maigre cou de réverbère, insultée. Pas le temps d'attendre sa réplique. Je regarde le bateau. Tout à coup, mon cœur s'arrête et mon étonnement est à son comble : le garçon qui parle avec Iseult, sur le pont, c'est Jim, je le reconnais ! Je trépigne, mais je ne sais pas quoi faire ; devrais-je le dire à monsieur Pelletier qui se tient devant moi et qui me sourit, énigmatique ?

Je cligne des yeux pour m'assurer que ce n'était pas une vision. C'est lui, je le jure, qui était à la barre du voilier que j'ai vu dans le brouillard!

Je crains que monsieur Dubuisson dit Bouchet, présent lui aussi, ne lise la stupéfaction sur mon visage. Je jette un dernier coup d'œil au *Mananann,* et je quitte le port. Je reviendrai quand tout sera plus calme, et que je le serai aussi. En route, je constate que j'ai oublié les commissions de Rose.

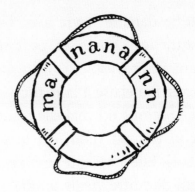

7

ISEULT ET JIM

L'arrivée du *Mananann* dans le port de Lamedepierre constitue le seul événement heureux survenu au village ces derniers jours. Après avoir passé une nuit à me torturer les méninges pour comprendre comment Iseult a connu Jim et pourquoi il se trouvait sur le *Mananann* alors que, l'avant-veille au soir, il gouvernait la goélette noire dans l'anse sans jamais arriver à quai, ce matin je suis de retour dans le havre avec l'intention de mettre les choses au clair. La situation étant imprévisible, j'ai dû me résigner à laisser Rabelaise à la maison en lui disant qu'en temps normal elle n'aurait de toute façon pas pu venir, car je serais allée à l'école. Elle a accepté mes explications, au nom de notre vieille amitié, non sans un miaulement plaintif destiné à me donner mauvaise conscience, juste assez pour que je sois obligée de repenser à elle plusieurs fois pendant la journée.

Une activité intense se déroule autour de la goélette. Monsieur Pelchat, maître de port et père d'Iseult, consulte des cartes avec le capitaine. Les matelots transportent des provisions à bord, aidés des gens du village. Des hommes effectuent des réparations à la coque, à la hauteur de la ligne de flottaison. Tout m'incite à conclure que le *Mananann* reprendra la mer sous peu, mais je ne vois Jim nulle part. Il faut que je lui parle. Je serais très malheureuse qu'il reparte sans avoir appris qui il est, ni pu lui demander d'où il vient et ce qu'il faisait sur l'autre goélette en plein brouillard.

Peu à peu, je vois des gens arriver; bientôt, l'attroupement devant le voilier est comparable à celui qui s'était formé hier lors de son accostage. Monsieur Pelletier est sur le pont, engagé dans une conversation avec le capitaine et le père d'Iseult. D'ailleurs, je me demande où elle est lorsque je vois monsieur Dubuisson dit Bouchet se diriger vers moi. Cette fois, pas question de me défiler.

— Je me disais que vert foncé, à la nuit tombante, peut très bien être confondu avec noir, tu ne crois pas, Brigitte? qu'il fait.

Voyant très bien que le bibliothécaire essaie d'inventer une histoire pour que je l'excuse de m'avoir injustement accusée, je lui lance :

— Et le *Mananann* avec le voilier du

beau capitaine du récit de Blanche Lamontagne!

Je laisse s'écouler un silence, le temps qu'il comprenne à quel point il m'a blessée avec ses insinuations, et je poursuis :

— Pourquoi aurait-il fait demi-tour si près du but, alors que la brume ne l'empêchait pas de manœuvrer? Vous savez aussi bien que moi que cela n'a aucun bon sens. Tout de même, vous êtes gentil, monsieur Dubuisson dit Bouchet, et je vous pardonne.

Son sourire confirme notre pacte de bonne entente. Il repart, prétextant qu'il doit se mettre à la disposition du capitaine au cas où celui-ci aurait besoin de lui.

Aussitôt, je me remets à la recherche d'Iseult, ne pouvant m'expliquer pourquoi elle n'est pas là pendant que Yann est avec Gwin, assis au bout du quai, les pieds pendants, exactement comme Rose lui interdit de le faire. Mère a le vertige et elle craint toujours de nous voir tomber en bas du moindre monticule. Difficile de comprendre comment elle arrive à vivre sur un cap.

Je ne vois toujours pas Iseult, mais je ne peux manquer d'apercevoir la mère Ribotte qui ne rate aucune occasion de cancaner. Par-dessus le marché, elle est accompagnée de sa troupe de bons-hommes et de commères qui déblatèrent sur tout ce qui est nouveau, en particulier sur les « étrangers » qui sont venus s'installer au village « parce qu'ils ont de drôles de manières ». Je suis une fille polie, sage et bien élevée, mais comme je ne suis pas certaine d'être capable de me retenir devant la mère Ribotte, je file dans la direction opposée.

Le temps passe et, ne voyant toujours ni Iseult ni Jim, je me rapproche de la passerelle en supposant que j'aurai la chance de les rencontrer à cet endroit. Une fois devant la goélette, à la hauteur du grand mât, j'aperçois soudainement la blonde amie de mon frère Yann, sur le pont, qui court en direction de la proue où un matelot tient un câble. Je l'appelle sans réussir à attirer son attention, tout en me souvenant qu'elle est montée à bord, hier, avec ses parents.

Mais voilà qu'on remonte la passerelle, que le capitaine crie « larguez les amarres » tandis qu'Iseult reçoit les instructions du matelot. La coque vert Irlande s'éloigne doucement du quai pendant que l'équipage se prépare à hisser les voiles. Le voilier gagne le large. Je pourrais me frotter les yeux jusqu'au sang pour me convaincre que je ne rêve pas, mais j'ai tout à coup l'impression de revoir exactement la même image que l'autre soir avec cette voilure se découpant sur l'infini. Déçue, confuse, je lis et relis *Mananann* sur la poupe de la goélette sans y trouver de consolation. Tout à coup, je sens qu'on me dévisage :

— Tu voudrais être à la place d'Iseult, me dit Gwin.

— Toi, ne te mêle pas de mes affaires !

— Nous l'avons aidée à préparer son attirail de mousse, ajoute Yann, le capitaine est une vieille connaissance de son père.

— C'est maintenant que tu me le dis ! Tu aurais pu m'en informer avant !

— Je ne croyais pas que cela te ferait cet effet, trouve-t-il à répondre à mon explosion de colère.

C'est donc cela qu'ils fabriquaient tous les trois, hier, pendant que j'étais chez la femme fée avec Capucine et Pépin. J'en ai assez d'étaler ma peine devant eux. Père, que l'attrait de la goélette avait convaincu de délaisser son atelier pour venir au village, m'invite à rentrer à la maison en sa compagnie.

Son bras sur mon épaule, je ressens toute sa compréhension à chaque pas qui nous conduit sur la côte. Même si, me dis-je, il ne devine pas toute la cause de mon chagrin, sa consolation arrive au bon moment. Au fond, il est déçu lui aussi toutes les fois qu'un bateau fait escale à Lamedepierre, depuis le temps qu'il rêve de prendre la mer. Il s'émerveille :

— Un jour nous partirons et tu pourras à ton tour hisser les voiles de notre caravelle. Je t'ai déjà expliqué que la caravelle était munie d'un gréement double : des voiles carrées pour voguer au vent arrière et des voiles latines pour faire face au vent debout. Comme elle avait trois mâts, cela permettait au capitaine de multiplier les combinaisons de gréements, de se jouer des vents et de conserver le cap.

Même si je l'ai souvent entendu me décrire son vaisseau, je lui laisse à nouveau l'occasion de me dire que sa coque était construite avec des bois ajustés, une surface lisse assurant un glissement dans l'eau bien plus grand que celui des bateaux où le bois se chevauchait à la manière des bardeaux du toit de la maison. Alors qu'il m'explique en quoi une meilleure connaissance de la géographie, l'invention de nouveaux instruments de navigation et l'arrivée des caravelles, révolutionnaires à l'époque, avaient assuré le succès des Portugais au XVe siècle, nous atteignons le bout du chemin qui conduit à la maison.

Debout, une main sur la clôture qu'il a construite au bord de la falaise et l'autre caressant l'horizon, il me dit :

— Tu sais que Portugal veut dire à peu près la même chose que Gachepé : là où la terre finit et la mer commence.

Je n'ose pas croire qu'Iseult est partie au Portugal sur le *Mananann*. Je l'imagine plutôt en route vers l'Irlande et, malgré moi, je suis jalouse.

Plus rien ne m'intéresse, je ne sais pas à quoi m'occuper, même lire m'indiffère. Le temps avance trop lentement. « Laisse-moi te câliner sous le menton », qu'elle dit, Rabelaise, tout en marchant dans le livre que j'ai déposé, ouvert, sur la table devant moi. À mon tour, je passe la main sur son dos et cela me réconcilie un peu avec la journée.

Assise devant le mur de fenêtres, je regarde sans le voir le soleil qui s'apprête à se coucher dans la mer. Peu à peu, je distingue les lignes d'un bateau qui émerge des rayons du soleil, un bateau de verre, peut-être de cristal, un bateau en feu tellement il se confond avec les couleurs du soleil couchant. Lui aussi se dirige vers le port. Que faire ? Je n'ai qu'une question en tête : « Suis-je la seule à le voir ? »

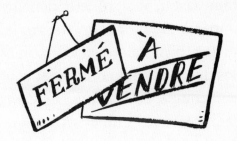

8

LA SITUATION SE DÉGRADE

J'ai parlé à Pépin du bateau de cristal et il m'a regardée sans prononcer un mot. Sauf qu'il me croit excitée, fatiguée, bref que je déraille. Il n'a rien dit, mais j'ai très bien compris ce qu'il pense, un avantage rattaché à la condition de triplet. Même si les ondes sont un peu brouillées avec Yann ces jours-ci, son opinion ne peut différer grandement de celle de Pépin. Je les vois partir par le sentier et il n'y a que moi

pour savoir, malgré leur démarche cha-
loupée à tous les deux, malgré leurs cas-
quettes bien calées et leurs blousons au
dos desquels sont cousues les couleurs de
leur équipe de hockey, Les Cavaliers de
Lamedepierre, qui est Yann et qui est
Pépin. Mère ne serait sans doute pas
d'accord avec moi.

C'est vrai que je suis nerveuse, inquiète
et que tout va mal. La vie au village péri-
clite, et les recherches pour retrouver l'épée
de granit piétinent. Monsieur Pelletier a
réussi à intéresser un petit groupe de
volontaires mais, malgré leur détermination, personne ne semble savoir par où
commencer. Ces adultes se réunissent au
musée, élaborent des hypothèses, pré-
parent des plans, s'inventent des indices,
se font des peurs, mais rien ne bouge. Et ce
n'est pas Iseult sur son beau voilier qui
retrouvera l'épée non plus !

Depuis que j'ai vu le soleil se coucher
derrière un bateau de verre, et pourquoi pas

de cristal, il n'a plus brillé sur le village. Le temps est sombre, les jours sont froids et un crachin s'abat sans arrêt sur la côte.

La dernière fois que je suis allée *en bas,* les nouvelles n'étaient pas encourageantes. Les pêcheurs ont remonté leurs barques sur les rampes et parlent de ne plus retourner au large avant longtemps, tellement la pêche est mauvaise. Il faut avouer que, avec la réapparition de la maraîche dont personne n'avait entendu parler depuis une éternité, certains sont effrayés à l'annonce du moindre indice d'une virée du monstre dans les alentours.

Devant la situation, d'autres ont décidé de plier bagage et de partir en ville. « Je ne vais pas rester ici à attendre qu'un miracle se produise », disait l'homme que j'ai vu emporter le contenu de sa maison dans un camion. Il n'a même pas déniché un acheteur pour son bateau, qui est resté à sec sur la grève. Au train où vont les choses, il a raison : on ne récupérera pas de sitôt l'épée sans laquelle toute la vie ici se déglingue.

Le pire, c'est qu'il s'en trouvera d'autres pour l'imiter. Quand j'ai dit à père que des gens partaient pour la ville, il est devenu songeur, triste en voyant ce qui se passe dans son pays d'adoption. Pays qui ne l'a pas véritablement adopté, devrais-je dire, parce que la mère Ribotte a encore trop de comparses. Le malheur, c'est qu'elle n'est pas près de se taire, celle-là.

Au nord, il y a la mer qui se vide de ses poissons et, en face, il y a la forêt qui est infestée d'insectes qui la détruisent. Des tordeuses, des mineuses, des spongieuses et autres bestioles dégoûtantes ont entrepris de ronger les arbres un à un jusqu'à ce qu'ils meurent debout, et que les bûcherons perdent leur travail. Capucine m'a rapporté qu'un d'entre eux a dit : « Si ça continue, il ne restera plus à vendre que la bûche d'érable du musée, qui ne sert plus à rien. »

De toute manière, l'avenir même du musée est compromis. Au cours des jours qui ont suivi la disparition de l'épée, des villageois se sont présentés pour reprendre les objets ayant appartenu à leurs ancêtres. Avec la disparition de son plus vieil artéfact, la collection ne mérite plus, selon eux, d'être conservée. «À quoi bon se fendre en quatre pour entretenir un édifice public où tous ces objets ne seront plus qu'un ramassis de vieilleries», disent les moins fiers et les plus résignés. Seule la passion de monsieur Pelletier a pu éviter le pire quand il a obtenu un délai, réussissant à convaincre la population de ne pas tout retirer immédiatement.

Cela ne signifie pas qu'il soit au bout de ses peines. Pendant qu'il s'efforce de rassembler des renseignements lui permettant de retrouver l'épée de granit, voici que le *Livre des généalogies* est victime d'un phénomène mystérieux : chaque jour un nom s'efface de ses pages. La première fois que cet incident s'est produit, le directeur n'a pas été surpris, le nom étant celui du pêcheur qui venait de partir à la ville. Il a cru que l'homme, déçu, était lui-même venu exprimer sa colère. La deuxième fois, c'est le nom du père de Capucine qui a été effacé. Cette fois, monsieur Pelletier ne savait trop quoi penser. Nous lui avons fait remarquer, Capucine et moi, que sa famille n'a pas d'ancêtres sur les photographies exposées au musée; que le nom de son père a été inscrit dans le *Livre* bien qu'il ne soit pas né au village, étant arrivé enfant. Le directeur ne veut pas admettre que ce soit une explication. Je n'ose pas lui dire qu'à sa place je suspecterais la mère Ribotte.

Le plus dramatique ne s'était pas produit avant que le nom du vieux Mathias ne disparaisse du *Livre* la veille de sa mort. Le directeur du musée, le bibliothécaire, le notaire, le médecin, le maître de port et les descendants du défunt, tous concernés par l'intégrité du *Livre*, se sont réunis pour examiner la gravité de la situation. Il n'avait jamais été question, avant ce jour, de restreindre l'accès à ce bien collectif. Sauf que, dans les circonstances, il a été décidé de ranger le *Livre* dans le coffre du notaire, monsieur Cyrille, jusqu'au rétablissement de la situation à Lamedepierre.

Seule dans ma chambre, je me demande combien de temps tout cela va durer. Je suis responsable d'avoir laissé l'équipage du vaisseau fantôme s'emparer de l'épée de granit, cependant je me sens complètement démunie devant les moyens à prendre pour la rapporter à sa place. Peut-être devrais-je retourner, seule, chez Irène et lui demander de consulter quelque augure pour me remettre sur la piste… Comme le village entier, j'ai mal, mais je n'ose imaginer que le pire est encore à venir. Rabelaise est couchée sur la carpette persane. Elle ne trouve rien à dire pendant que je ronge mon frein.

Je lui murmure un poème de Rose qui exprime les sentiments que j'éprouve :

Depuis que la rime de navire
a sombré avec celle de chavire
les amis des marins
se meurent de chagrin

Une fois la lampe éteinte, j'entends les pas de la chatte qui sort de la chambre. Pour me cacher de la misère qui inonde ma vie, je remonte les couvertures sur ma tête. La nuit est plus noire que jamais. Je ne dors pas bien.

9

MÊME RABELAISE EST MALADE

Je déambule dans Lamedepierre où aucun rayon de soleil ne tombera plus jamais, semble-t-il. Hormis la mère Ribotte et ses semblables, qui n'ont pas l'air de fonctionner au ralenti, le village n'en mène pas large.

Monsieur Pelletier m'apparaît vieilli et résigné. Il a abandonné l'idée de retrouver l'épée de granit. Lorsque je le croise, il me dit :

— Je voudrais rouvrir l'école, mais je n'arrive plus à réunir les élèves : il y a ceux qui sont partis avec leurs familles, puis une maladie étrange, une épidémie, s'est abattue sur le village, si bien que la plupart des enfants sont au lit avec de la fièvre. D'ailleurs, je suis content de constater que tu te portes encore bien.

Dans le « oui » que je lui réponds, il doit comprendre qu'il ne s'agit que d'apparences.

— J'ai constaté que ton intérêt pour le musée s'est accru récemment…

Je vois qu'il prend des précautions, qu'il met des gants blancs.

— Mais, poursuit-il, les circonstances actuelles ne me laissent malheureusement d'autre recours que de rendre les objets à leurs propriétaires avant de le fermer pour de bon.

— Vous n'avez pas le droit de faire cela ! que je lui lance sur un ton excessif.

— Qu'y a-t-il d'autre à faire ?

— Excusez-moi de m'emporter, mais nous devons conserver espoir et reprendre les recherches.

— L'énergie autant que l'esprit de Lamedepierre ont disparu en même temps que l'épée de granit. Il nous faudra inventer une nouvelle fierté et recréer un sentiment d'appartenance, m'explique-t-il.

Les mots d'Irène comparant le vol de l'épée à une expropriation sonnent plus vrai que jamais.

— Le petit groupe que vous avez réuni a été incapable de rassembler la moindre armada. Pourquoi n'avez-vous pas pensé à recourir aux connaissances d'Irène ou à inviter les enfants? que je lui reproche poliment.

— Irène, fait-il, je n'avais pas pensé à elle.

Il devient songeur pendant que je tapote du pied un caillou sur le bord du chemin, tout en ayant une pensée pour Rabelaise qui a refusé de sauter dans mon sac de toile, aujourd'hui, et de m'accompagner au village. Elle avait sa fourrure des jours mornes et son envie de disparaître sous les meubles.

Monsieur Pelletier, revenant quelque peu à son naturel, me dit :

— Tu as raison. Je vais organiser une autre rencontre, celle de la dernière chance peut-être, avec Irène et tous les enfants qui voudront venir.

Nous nous séparons sur cette conclusion qui me remonte le moral, avant que je me heurte, trois pas plus loin, à une nouvelle déception. Malgré tous nos déboires, j'ai encore le goût de lire. Toutefois, quelle n'est pas ma surprise de me cogner le nez sur la porte de la bibliothèque qui devrait être ouverte à l'heure qu'il est! Je lève les yeux vers un carton suspendu à l'intérieur de la porte et je lis, à travers une vitre sale : FERMÉ POUR UNE PÉRIODE INDÉTERMINÉE. Mais où est donc passé monsieur Dubuisson dit Bouchet, lui

pourtant toujours disponible, dévoué jusqu'au zèle, ponctuel à s'en rendre malade ?
Sa condition doit être grave pour qu'il
ferme la bibliothèque. Je suis seule devant
la porte, plus personne ne cherchant, en
apparence, à emprunter ou à rapporter un
livre. Comme nous le faisons tous dans
une situation semblable, je teste la porte
plusieurs fois pour me convaincre que le
carton dit la vérité. Rien à faire.

Je me replie au magasin dans le but de
me renseigner sur l'état du bibliothécaire.
Madame Nena, la propriétaire, est en
pleine conversation avec monsieur Cyrille,
le notaire. Je ne me permets pas de les
interrompre, feignant de m'intéresser aux
étalages de bonbons d'où j'assiste à leur
échange. Tous deux s'inquiètent des effets
du ralentissement des affaires sur leur
commerce. Le notaire, plus âgé, pense
même à léguer ses biens et à s'installer
dans une maison de retraite. Jeune, il a
connu le docteur Cotnoir qui lui a confié

l'appareil photo exposé au musée. Selon ses dires, il serait prêt à le vendre à son neveu, le bibliothécaire, vu l'avenir du musée qui est compromis. Madame Nena, pour sa part, considère qu'il n'y a plus rien à faire de nos jours avec le cabestan de Jude, son oncle décédé, et qu'il faudra le démolir.

Leur conversation efface le peu d'optimisme qui me restait. Je repose le caramel que j'avais décidé de m'offrir malgré les reproches appréhendés des parents au sujet des caries. Par une journée pareille, me dis-je, la plus petite sucrerie ne risquerait-elle pas de me dévorer les dents en une minute? Je sors comme je suis entrée, sans un mot, et personne n'y voit rien d'anormal.

Je continue de me déplacer dans le village tout en évitant le quai. Depuis quelques jours, pas question de voir un bateau, même les caravelles en modèles réduits de père m'inquiètent.

D'ailleurs, au bout de ma flânerie solitaire, je passe par son atelier pour le saluer avant d'entrer dans la maison. Il n'y est pas. Les outils sont éparpillés autour de la flotte de Cabral qu'il reconstitue un navire à la fois. Sur sa table à dessin, je vois cependant le plan de cette fameuse caravelle grandeur nature dont il nous parle si souvent. Pourquoi l'a-t-il repris? me dis-je. Son absence m'inquiète.

Dans la maison, où je voudrais lui poser la question, les choses ne vont pas mieux qu'au village. Père et mère sont auprès de mes jumeaux, fiévreux, victimes d'un mal étrange qui dévore leur énergie. Ils sont tous deux alités. Les trois chattes non plus ne sont pas au mieux de leur forme. Elles sont tapies sous nos lits respectifs, Rabelaise m'attendant, le nez sec et les yeux vitreux. Je la tire de sa cachette.

Elle fait pitié à voir. Son âge m'inquiète. Nous avons exactement le même, mais elle, elle est vieille. Je ne dois pas l'oublier. Certains soirs de tristesse, comme hier, je m'entraîne à la pensée de sa mort lorsque je me couche. Père m'aidera. Nous lui ferons une petite sépulture marquée d'une pierre plate au bord de la falaise.

Je la serre très fort contre moi; «J'aimerais mieux que tu me laisses partir», qu'elle dit, Rabelaise. Les chats n'aiment pas se montrer quand ils sont malades. Lorsque je la dépose par terre, doucement, des larmes tombent de mes joues sur sa fourrure mal lissée. Elle se glisse en silence dans la penderie. Grande respiration.

Je retourne auprès de mes jumeaux, surprise de n'avoir rien ressenti des ondes de leur mal et de me voir ainsi épargnée. Tout cela m'apparaît bien anormal. Puis, repassant dans mon souvenir les visages de tous les enfants et de tous les adultes qui sont malades, je prends conscience tout à coup que leurs noms sont tous inscrits dans le *Livre des généalogies*: ne sont atteints que des gens nés à Lamedepierre. Cela ne peut pas être un effet du hasard. Comment expliquer alors que je ne sois pas atteinte? Suis-je en sursis?

10

LA VOILURE BLANCHE

Une brume légère s'effiloche sur la falaise, dans la brunante, tandis que je cherche à résoudre le mystère de la maladie de mes bessons. Attentive au plus léger symptôme, je m'ausculte en prenant de grandes inspirations, que je retiens le temps de détecter le moindre bruit étrange dans mon organisme. Je démultiplie mes sens déjà aiguisés de triplet, en me concentrant à tour de rôle sur Yann et sur Pépin, pour ressentir leur trouble, sans qu'aucune fièvre ne vienne réchauffer mes tempes ou modifier mon pouls. J'ai su, par ses parents, que Capucine est malade comme tant d'autres, y compris Gwin. Peut-être Iseult est-elle épargnée sur le *Mananann*, mais je n'ai pas tellement le temps de penser à elle. Je sais que Rabelaise me reprocherait ma jalousie, sauf que la pauvre petite dort, couchée sur mon vieux chandail de coton ouaté bleu, au fond d'un tiroir. Ni mère ni Rabelaise ne le savent encore, mais j'ai commencé un court poème en l'honneur de ma Tigré bien-aimée. Il est trop tôt pour le montrer.

Au travers des effilochures de brouillard, je devine l'horizon sur lequel explosent les restes d'un soleil disparu dans ses lavis de pastel qui ne tarderont pas à s'effacer eux-mêmes devant l'obscurité. C'est plus fort que moi, je me dis qu'un vaisseau devrait surgir d'un instant à l'autre au-delà de cette ligne, indéfinie à cause des mirages de la mer, et venir accoster au quai. Ce mélange de brume et d'imagination me retient figée devant la fenêtre où je cherche les réponses à trop de questions en même temps, je l'avoue.

Toutefois, je ne résiste pas à l'idée de voir le brouillard de plus près, de le goûter appuyée sur la clôture qui borde le cap et, qui sait, de déceler au fond d'une éclaircie la course d'un voilier. Le nez au-dessus de la falaise, je sens les odeurs iodées de la mer. Tout autour, les corneilles n'en finissent plus de croasser, et je me refuse à reconnaître le moindre présage dans leur concert lugubre. De toute façon, que pourraient-elles dérégler qui fonctionne encore?

Malgré le temps frisquet et l'obscurité croissante, je me décide à descendre au bord de la mer par le raidillon qui serpente tant bien que mal dans la falaise, «sentier qui descend en casse-pipe», dirait Joachim. Tout en haut, l'escapade commence plutôt bien, les pierres étant ajustées à la manière d'un escalier de géant. Quand nous étions petits, mes frères et moi, Rose nous racontait cette histoire pour nous dissuader d'y mettre les pieds. J'avance. Dans le premier virage, je dérape et ma cheville heurte violemment une lame d'ardoise bleutée, sans dommage heureusement. Le brouillard, qui continue de lécher la falaise, rend les surfaces glissantes. Comme je connais le chemin par cœur, je me convaincs que le pire est passé.

Trop de confiance me rend sans doute imprudente : voilà que mes pieds partent en même temps dans une glissade in-contrôlable qui me colle les fesses sur les talons, sur une distance qui n'en finit plus, tandis que je cherche à attraper une des rares branches qui bordent le sentier ou une aiguille d'ardoise en saillie suffi-samment forte pour me retenir sans déclencher un éboulement. Je patine sur le sentier vers la prochaine courbe, qui le fait bifurquer dans la direction opposée; aucun espoir de freiner.

Ce qui devait arriver arrive: comme un skieur incapable de tourner, je sors du passage balisé par les pas et le temps, et déboule la tête la première le long de la dernière fraction de la falaise jusque sur la grève de galets. Étourdie, écorchée, étendue sur le plein, je tente de rassembler mes esprits. Les premières douleurs que je perçois viennent de mes genoux qui brûlent d'un feu allumé par le frottement de la pierre; je vois un filament de sang se répandre sur mes coudes, avant de constater que j'ai aussi une blessure derrière l'oreille. On dirait que je me suis frottée les paumes de la main sur une râpe à fromage tellement il manque de morceaux de peau à cet endroit.

Comme je n'ai rien de cassé, je marche en pleurnichant vers les flots pour laver mes plaies. Sans les bosquets qui, désespérément, remontent vers le haut du cap à cet endroit, le choc aurait été plus dur. Soudain, j'ai une pensée de commisération pour mes bessons qui doivent ressentir dans leur chair les effets de ma chute. Peut-être la fièvre les garde-t-elle loin des effluves de mes douleurs? Cette idée me rassure jusqu'à l'instant où l'eau salée enfonce ses aiguilles dans mes plaies.

Pendant que je nettoie mes bobos tout en tentant de contenir mes larmes, je lève machinalement les yeux vers le large et, sous le choc, je retombe assise dans l'eau. Ce que je vois — ou que j'invente, je ne le sais plus — ne pourrait me faire un plus gros effet. Même en admettant que je me trouve sur la grève la plus énigmatique du village, celle qui a vu disparaître la maison de la fille de la mer emportée par une gigantesque marée d'automne, la surprise est de taille. N'importe, les voiles blanches de la goélette noire, rendues lumineuses par des traînées de clarté qui résistent à la brume, apparaissent dans le bruissement du vent qui pousse des vaguelettes sur les galets. Je ne suis pas au bout de mon étonnement : une chaloupe, qui se découpe dans les derniers reflets du jour sur la mer, se dirige droit vers moi, et le rameur me fait signe de le suivre.

Je refuse. Je crains que ce soit « un navire de mauvais temps » sorti de nulle part, le pont jonché de cadavres comme ceux dont nous a parlé monsieur Pelletier. J'évalue la situation. Et si ce bateau me permettait de retrouver l'épée de granit et de redonner à Lamedepierre son esprit et son activité ? J'hésite. Est-ce à nouveau cette goélette qui a fait demi-tour parce que je ne l'ai pas attendue assez longtemps ? Ou parce que son capitaine craignait que d'autres personnes ne la voient ? Ce qui expliquerait sa venue, ici, ce soir. « N'oublie pas que Jim est sur le pont à t'attendre », qu'elle dirait, Rabelaise, couchée, malade, sur mon chandail bleu.

Dans la chaloupe qui nous conduit à la goélette, j'ai soudain des sueurs froides dans le dos : comment Jim pourrait-il être sur la goélette à la voilure blanche alors qu'il est sur le *Mananann* avec Iseult ? Je suis perdue, je me suis laissée entraîner dans une histoire qui va mal finir.

Trop tard. La chaloupe arrive au bas de l'échelle qui mène au pont de la goélette. Pas de doute, le garçon qui me reçoit est bien celui que j'ai vu, le premier soir, à la barre du voilier. Il me dit :

— Bienvenue à bord, Brigitte. Je m'appelle Jim.

Impossible ! Comment connaît-il mon nom ? Alors, qui est cet autre garçon, sur le *Mananann*, qui lui ressemble si étrangement ? J'ai commis une erreur en pensant que c'était la même personne.

Le bateau tangue doucement pendant que le crépuscule peinturluré de brouillard obstrue progressivement tout mon champ de vision. Chaque particule de brume est un prisme par lequel passe ma réalité de fille blessée au bord de la mer. Une lumière étrange flotte dans le passage qui conduit du jour à la nuit, de l'état de veille à celui de rêve.

Après quelques mots de courtoisie, mon hôte me conduit près du bastingage et raconte :

— J'habite un autre monde, à une époque qui se trouve dans un dédoublement du temps présent. Ma famille appartient à une généalogie fantôme par rapport à la tienne. Si tu venais dans mon royaume, sur nos terres nordiques, tu serais accueillie comme une fille de notre peuple qui revient chez elle. Évidemment, comme des dizaines de siècles séparent ton présent du mien, tu serais déroutée.

Il constate à quel point je le suis déjà et il tente, poliment, de me rassurer.

— Je te connais, car tu es, à ton époque, dans ta généalogie, la fille de Loïk, le fidèle commandant du vaisseau-dragon du roi Gradlon disparue dans les flots. Après des siècles d'errance, mon bateau a adopté la forme de cette goélette et s'est dirigé vers le pays de Gachepé, comme le métal vers l'aimant, quand je t'ai enfin retrouvée. Selon les prémonitions de la femme fée du royaume, il était dit que je te retrouverais en même temps que l'épée emblématique de mon roi. Elle est unique, car il est impossible de la reproduire.

Il lit dans mes pensées et ajoute :

— Je me suis emparé de l'épée pour l'honneur de mon roi et la paix de notre royaume. Depuis ce jour, nous mesurons par contre les conséquences de sa dispa-rition sur vous. Nous savons maintenant à quel point elle est importante pour votre village. Le passé ne pouvant redevenir présent, je te la rendrai. En votre posses-sion, notre mémoire est assurée de ne pas disparaître.

Voulant me prévenir contre une tenta-tion à laquelle je ne résisterais pas, il précise :

— Notre rencontre est un secret. Mon voilier n'est pas rentré dans la rade, le premier soir, de crainte que tu ne sois pas seule à nous voir.

Puis, comme s'il me posait une énigme, il dit :

— Je reviendrai te voir dans le présent et nous rapporterons l'épée de granit ensemble.

Après avoir obtenu l'autorisation de révéler ce secret à Rabelaise, mais à elle seule, je le quitte en reprenant l'échelle qui plonge dans de nouvelles effilochures de brouillard jusqu'à la chaloupe.

Assise sur le plein, les mains et les genoux écorchés, j'imagine plus que je ne vois la voile blanche s'éloigner dans les dernières lueurs qui précèdent la nuit. Comme je serai obligée de longer la berge jusqu'au village, puis de gravir la côte pour revenir à la maison, j'aurai tout le temps voulu pour me remettre de mes émotions avant de rentrer. J'ai besoin de temps pour apprendre à protéger mon secret.

Une chose me turlupine tout de même : Jim a dit qu'il reviendrait, mais il n'a précisé ni le jour ni l'heure.

11

L'ÉPÉE EST REPARTIE
VERS LE NORD

Un jour à attendre est plus long que tout autre jour. Je regarde constamment vers le large où des paquebots fanfarons deviennent soudainement bien modestes devant l'immensité du golfe. Cette curiosité attire sur moi l'attention de tous les de Gradlon. Je réponds à leurs questions inquisitrices de façon évasive, mais j'ai de la difficulté à protéger mon secret. Déjà que j'ai dû m'expliquer sur

« l'idée de fou » qu'il m'a pris de descendre par le sentier à la brunante; « t'aurais pu te tuer », m'ont reproché les parents. Seules mes blessures m'ont épargné une plus sévère réprimande, car la douleur a été soustraite des sanctions que commandait leur colère. Mes bessons doivent cependant endurer, par-dessus leur maladie qui se prolonge, un léger triplicata de mes souffrances. Rabelaise, la queue basse, réagit d'un instinct diminué à la vue d'un oiseau.

J'aime trop le temps pour le tuer. C'est ce que je me dis en allant trouver père dans son atelier. Le plan de la caravelle grandeur nature est toujours bien en vue sur sa table à dessin. J'apprends que Yann commençait à s'y intéresser avant de prendre le lit, ne se satisfaisant plus des radeaux, « si gros soient-ils », cite père, amusé.

— Les caravelles étaient des bâtiments trapus, recommence Joachim, relevés aux extrémités. Elles avaient de gros ventres, fait-il en suivant la courbe de la carène, et leurs membrures, qui étaient leurs os, se composaient d'une première allonge partant de la quille, autrement dit de leur colonne vertébrale, et d'une deuxième, à la verticale, allonges sur lesquelles on fixait le bordage extérieur, leur peau en quelque sorte.

Sur une feuille déposée près du plan, il a préparé la liste des matériaux indispensables à la fabrication du bâtiment. Pensif, il ajoute :

— Dommage qu'elle ne soit pas déjà construite, nous pourrions partir à la recherche de l'épée de granit dont la disparition te préoccupe tellement.

— Où est-elle, selon toi ?

Sans chercher, il répond, comme si cela relevait de l'évidence :

— Elle vient du Nord et elle est repartie vers le Nord.

Ces mots hantent mes pensées pendant

que je me rends à la rencontre organisée par monsieur Pelletier, et à laquelle Irène devrait participer. Père a ainsi confirmé les propos de Jim qui, sans le nommer, parlait de son royaume nordique. Peu à peu, me dis-je, nous devrions réunir assez d'indices pour la retrouver. J'avance. Soudain, au long de ma route, cet espoir est balayé sans avertissement par un doute profond : je n'ai aucune assurance que Jim reviendra ! Qui est-il ? Et si j'avais été dupée ? C'est un dur coup. Je m'assois sur le garde-fou plutôt que de tituber. Dans des situations pareilles, mère a coutume de dire qu'elle se sent tomber de Charybde en Scylla ; « être renvoyée d'un malheur à un autre », m'a-t-elle expliqué un jour.

C'est exactement où j'en suis lorsque débute la rencontre que monsieur Pelletier ouvre avec sa courtoisie coutumière : « Pas besoin de pérorer, le problème est connu. » En jetant un coup d'œil annonciateur vers moi, il dit :

— L'idée de tenir cette rencontre m'a été soufflée par Brigitte de Gradlon, qui s'inquiétait de constater que nos recherches piétinaient. Elle a raison et je l'en remercie. Malheureusement, le virus qui frappe de nombreuses personnes nous prive de leur présence, en particulier les enfants.

Trop gentil, le directeur, qui pressent l'échec, nous prépare à affronter la déception. Les conversations conduisent toutes dans des culs-de-sac et lui donnent d'ailleurs raison quand Irène, devant mon insistance, prend la parole :

— Je crois que l'épée est retournée au temps de sa conception.

Cette seule petite phrase jette un trouble énorme chez les opposants à la femme fée, et je comprends maintenant pourquoi elle hésitait à se prononcer.

— Les noms de nos ancêtres sont écrits dans le *Livre des généalogies*, ajoute-t-elle. L'épée appartient à une génération qui a vécu très longtemps avant celle de nos ancêtres et dont les individus, pour beaucoup, venaient du Nord de l'Europe.

Voilà une révélation qui perturbe l'assistance. Toutes les questions sur le où, le comment et le pourquoi déboulent aussi vite que moi lorsque j'ai dégringolé la falaise, sauf qu'Irène se refuse à en dire davantage.

Il n'empêche que le Nord, comme lieu d'origine de l'épée, revient et se confirme dans les interprétations, mais quel Nord? L'assemblée terminée, je me retrouve, sur le chemin du retour, à ruminer les mêmes pensées que j'avais en venant au village. Malgré cela, j'ai la conviction que je n'en suis pas tout à fait au même point.

De retour à la maison, je prends tous les livres de géographie dans la bibliothèque. Je vais les étudier et je finirai bien par découvrir la route qui me conduira jusqu'à l'épée.

Je suis complètement absorbée par mes recherches lorsqu'un pauvre soleil s'étiole dans la mer sous mes yeux. Je le regarde sans conviction, mais je voudrais soudain renoncer à ce que je vois : un bateau à la coque de verre se profile, porté par le feu affaibli des rayons du couchant ! Je suis surprise sans être bouleversée comme la première fois. Je l'ai apprivoisé. Ou serait-ce le bateau qui m'a amadouée avec ses promesses ? Le temps m'étourdit, et je me console à l'idée que le *Mananann* sera de retour au quai de Lamedepierre demain.

12

JE RENCONTRE JAMES
AU CRÉPUSCULE

Les réjouissances entourant le retour du
Mananann s'éternisent. J'ai hâte que
les gens aient rassasié leur curiosité et
rentrent chez eux. Je veux m'approcher du
garçon qui a emmené Iseult et lui parler
au plus tôt. Le voici. Moi qui croyais avoir
décelé une différence entre celui qui
apparaît en haut de la passerelle et Jim,
que j'ai rencontré sur le vaisseau à la
voilure blanche, je déchante. Ils se

ressemblent tout autant que la première fois. La fantasmagorie recommence.

Il s'apprête à descendre et je me demande quel prétexte inventer pour l'aborder. « Il est beau, il est trop beau ! » qu'elle me souffle, Rabelaise, en pensée.

Tiens ! Plus loin, je vois Gwin, qui a recouvré la santé. Il attend certainement Iseult. Vite fait, je me rapproche, lui adresse un sourire stratégique tout en l'interrogeant sur l'état de son virus. Il bougonne gentiment un diagnostic, surpris que Yann ne soit pas là. Je me glisse dans son sillage. La rencontre espérée va enfin se produire lorsque nous arrivons à l'entrée de la passerelle. Au même moment le capitaine dit au garçon, qui s'avère être son second, dans un français gaélique que je reconnais grâce aux enseignements de Joachim :

— N'oublie pas, James, nous avons des travaux à faire à bord.

James ! Je suis à la fois surprise de

découvrir son nom et enfin soulagée de savoir qui il est. Depuis que je suis montée sur le vaisseau noir, cette question me hantait. Toutefois, la réponse n'efface pas le fait qu'ils se ressemblent comme des jumeaux monozygotes et que, par la force des choses, je m'y connais en gémellité.

Près de James, Iseult est tout sourire. Trop pressée de narrer ses exploits, elle va escamoter les présentations quand Gwin s'en charge. Enfin, chacun sait à qui il parle.

Assis sur les marches du perron du magasin, en train de siroter une boisson gazeuse, nous écoutons le récit de la sortie en mer de nos amis. Distraite, je tente désespérément de comprendre où j'en suis avec mes goélettes et leurs beaux capitaines en second. D'abord, il y a ce voilier à la coque noire, qui n'est jamais arrivé à quai, avec Jim à la barre; puis, le *Manannann* accoste et je reconnais Jim sur le pont; après, je culbute en bas de la falaise et me retrouve sur une goélette à la voilure blanche où je suis accueillie par un garçon qui dit s'appeler Jim; enfin, je découvre que le garçon du *Mananann* se nomme James.

Au moment où j'aurais l'indulgence de concéder que tout est bien ainsi, je dois admettre, en récapitulant les faits, que je suis loin d'avoir résolu l'énigme. Il serait facile d'admettre que j'ai conclu trop vite que le capitaine en second du *Mananann* s'appelait Jim à cause de sa ressemblance — troublante — avec celui de la goélette noire, qui m'a promis de revenir. Oui, ce serait facile, sauf qu'une voix me dit que la solution est autre, et que je dois continuer à chercher. D'autant plus que le doute qui s'est installé dans mon esprit hier est de plus en plus fort: je crains que Jim ne revienne pas. Et le doute est un insecte vicieux qui creuse des trous dans toutes les directions sans le moindre ménagement pour l'esprit dans lequel il s'insinue. La matière dans laquelle il creuse risque de s'effondrer à tout instant, comme les arbres de Lamedepierre.

Pour contrer l'effet du doute, je commence à ébaucher une hypothèse, je construis une solution. L'épée de granit est repartie vers des régions nordiques. Je convaincrai James de partir à sa recherche sur son voilier !

Je n'ai pas le temps d'approfondir mon idée que je suis ramenée dans la conversation, le moment étant venu pour Iseult de rentrer chez elle et pour James de remonter à bord. Alors que Gwin s'offre pour aider Iseult à transporter son bagage, je propose de raccompagner James à la goélette. Je surprends dans le regard d'Iseult une pointe de contrariété, pour ne pas dire de jalousie.

Dès que nous sommes seuls, je raconte à James ce qui s'est produit au village depuis le jour de la disparition de l'épée de granit. Pendant que nous longeons le bord de mer, j'insiste sur la signification de l'épée dans l'organisation du musée et le préviens des conséquences de sa disparition sur la santé et l'activité des gens. Je suis la plus convaincante possible, car j'entends Rabelaise me dire : « Demande-lui qu'il t'emmène sur son bateau, vas-y, il est gentil, il dira oui. »

Il me pose des questions auxquelles je réponds tout en ayant l'impression qu'il connaît déjà les réponses. Je me sens comme je me sentais devant la goélette noire à la voilure blanche, qui n'en finissait plus de se montrer sans jamais être là. Nous approchons de la passerelle et je ne lui ai toujours pas demandé de m'aider. « Prends-lui la main et implore-le de venir à ton secours » qu'elle dit, Rabelaise, du haut de la falaise où elle me regarde par la fenêtre.

Nous sommes au bas de la passerelle. Avant qu'il ajoute un mot, je dis :

— Puis-je revenir sur le *Mananann* au crépuscule ? J'ai une chose importante à te demander.

Je préfère ne pas lui dire pourquoi il faut attendre le coucher du soleil.

— Oui, fait-il.

Sur le pont, il se retourne pour me saluer discrètement de la main. Je demeure là, un instant, muette, sachant qu'à partir de maintenant je suis condamnée à compter les heures. Au secret de Jim s'en ajoute maintenant un autre, le rendez-vous avec James.

Dans la maison sur le cap, je suis impatiente à un point tel que Rose me demande de lui confier mon problème si j'en ai un — mère détective —, ou de m'asseoir. Je cherche une évasion auprès de mes bessons, mais voilà qu'ils me demandent, pour se consoler de ne pas y avoir assisté, de leur raconter l'arrivée du *Mananann*. Je me sens cernée de toutes parts. J'attire Rabelaise dans ma chambre et je lui confie tous mes secrets. Comme elle veut me faire croire qu'elle se porte mieux, elle essaie de jouer. Je poursuis quand même mon déballage, ça me fait du bien de parler. « Tu vois, il est revenu et tu es amoureuse », qu'elle dit, Rabelaise.

— Mais non, que je réponds, c'est Jim qui devait revenir et je te parle de James !

L'explication ne semble pas l'intéresser. Le supplice de l'horloge tire à sa fin. Je me suis trouvé un prétexte pour retourner au village, regrettant, parfois, de ne pas habiter *en bas*.

— Je suis content de te revoir, dit James en m'accueillant sur le pont.

Tout de suite, j'ai le sentiment de jouer une scène que j'aurais déjà répétée comme au théâtre. C'est fou ce que les ponts des goélettes peuvent se ressembler à la nuit tombante. Le James que je vois dans la pénombre pourrait très bien s'appeler Jim et conduire un voilier noir à la voilure blanche.

Il pourrait, lui aussi, habiter un temps dédoublé et être parvenu à l'âge actuel après avoir remonté la généalogie de sa famille en empruntant les voies du présent pour me retrouver.

Peut-être le *Mananann* et la goélette noire sont-ils un seul et même vaisseau qui lui permet, dans sa forme fantomatique, de sortir des dédoublements du temps? Il sait, comme Jim, que les bateaux fantômes traversent le mur du présent à la tombée du jour alors qu'ils deviennent translucides dans les rayons du couchant. Il a aussitôt compris pourquoi je voulais le revoir au crépuscule.

Je lui annonce sans donner de détails les résultats de ma recherche : l'épée de granit ne peut être qu'en Minganie, dans cet archipel situé sur la rive nord du golfe, en face de la péninsule de Gachepé. Je lui demande de m'y conduire. Il répond :

— Nous partirons demain sur le *Mananann* comme tu le veux.

— Je serai prête à partir à l'aurore, que je lui confirme.

Le bonheur me transporte et je cède à

l'envie de lui donner une bise sur la joue. Sans tarder, je descends la passerelle, folle de joie. Je marche, mais je ne suis pas certaine que mes pieds touchent au sol. J'ai peine à croire que je suis dans la réalité. Demain, je serai l'héroïne du village.

13

UNE ÎLE SILENCIEUSE

Ce matin, je maudis le climat des Côtes-du-Nord du grand pays de Gachepé : le ciel est lourd, la visibilité est réduite par la brume tandis qu'une houle rageuse s'abat sur le rivage. Avant même de sortir du lit, je me doutais, en entendant le lourd battement des vagues à travers les murs de ma chambre, que mon aventure était en péril. Je ne serais pas surprise qu'il pleuve à verse toute la journée. Je crains que le *Mananann* soit cloué à quai pour longtemps. Malgré tout, la seule chose que j'aie à faire est de me rendre au port pour connaître l'évaluation que les marins font de la situation.

Après quelques minutes, et malgré des voix discordantes, la majorité s'exprime : il serait risqué de prendre la mer par un temps pareil. James me confirme que notre expédition n'aura pas lieu. En un éclair, je vois tout mon projet compromis ; peut-être sera-t-il impossible de rapporter un jour l'épée de granit sur son socle...

L'automne approche et j'envisage le pire : la goélette rentre dans son pays, l'épée retourne dans l'oubli et Lamedepierre continue de mourir à petit feu. La journée dont je rêvais tourne au cauchemar. Je me sens trahie. Je ne peux m'empêcher de pester contre le pays et son climat.

Le tumulte ne se manifeste pas que dans les nuages et la mer. Iseult a découvert que je devais partir avec James, et la pointe de contrariété que j'avais devinée dans son œil hier est manifeste depuis qu'elle a compris notre nouvelle complicité. Elle ne se gêne pas pour me le faire sentir. Yann, qui n'a jamais caché sa préférence pour Iseult, ne serait pas du tout heureux de voir ce que je vois : sa première alliée chez les filles, celle avec qui il a chassé le porc-épic et construit un radeau, détache de lui son intérêt pour le tourner vers un marin, « beau et fin comme tout ceux qui viennent de loin », grognerait-il.

L'atmosphère n'est déjà pas bonne quand se pointent la mère Ribotte et quelques-unes de ses semblables. Comme les corneilles qui sentent le mauvais temps, elle voit à nos mines que le moral est bas. Arrivée à notre hauteur, elle élève la voix pour être certaine de se faire entendre et dit, comme la fois où elle m'avait parlé sur le quai, que les choses allaient mieux au village quand il y avait moins d'étrangers, sans compter que les enfants, de nos jours, font ce qu'ils veulent parce que les parents ne s'en occupent pas. Nous nous regardons les uns les autres et, d'un accord tacite, nous convenons que l'indifférence est la pire des insultes. Sans le savoir, la Ribotte a réussi à rétablir un peu d'unanimité dans notre groupe. Pour moi, la journée finira ailleurs qu'en mer.

Comme c'est souvent le cas avec le climat maritime, le temps peut changer du jour au lendemain, et voilà que ça arrive. Après une soirée passée à interpréter les augures du ciel et une nuit à rêver des beaux yeux du capitaine en second, je navigue dans le golfe Saint-Laurent en direction de la Minganie. Je suis à la barre et je m'imagine à la place des navigateurs dont nous parle Joachim : Marco Polo en route pour la Chine, son cher Cabral qui arrive au Brésil, et les pêcheurs basques parcourant ce même golfe, alors rempli de poissons. J'essaie de me mettre dans leur peau, de m'imprégner de leur esprit de découverte et du sentiment étrange d'avancer vers l'inconnu. Me voici, Brigitte de Gradlon, navigatrice, partie à la recherche de l'épée de granit retournée à l'époque de sa conception, de nombreux siècles avant même la naissance de ces navigateurs auxquels je pense. Les mots de Jim résonnent encore dans ma mémoire, et je me demande si nous ne pénétrons pas justement dans ce dédoublement du temps dont il a parlé; suis-je en route pour remonter les généalogies et entrer dans le royaume d'un roi oublié comme un revenant sur ses terres, comme une visiteuse dont les ancêtres s'en seraient allés et qui occuperaient un autre pli du temps?

Le *Mananann* fend la vague, les voiles arrondies, et traverse la mer comme une plaine vivante et imprévisible. Nous avançons rapidement. Déjà, nous ne voyons plus les Côtes-du-Nord du grand pays de Gachepé. Devant nous se profile une autre terre et — est-ce le fait de mon imagination? — je sens que nous sommes dans une autre époque. Le capitaine en second se tient près de moi, droit, fier.

— Jim, dis-je, je crois que nous verrons bientôt l'archipel où l'épée a été déposée.

Surpris que je l'appelle ainsi, il hésite, puis me répond que nous le devinons déjà à tribord.

La voilure blanche fonce sous l'effet du vent. Je me remémore le passage du récit du vaisseau fantôme de Blanche Lamontagne où elle écrit : *Il allait comme vont les papillons, mais il ne s'arrêtait jamais et les voiles semblaient se mouvoir d'elles-mêmes.* Comme celles qui claquent au-dessus de nos têtes. Enfin, nous sommes, à notre tour, cet *équipage invisible,* une *légère ombre blanche* perdue dans l'immensité de la mer.

« Tu crois vraiment que le voilier ne s'arrêtera jamais? » qu'elle dirait, Rabelaise, craintive, si elle n'était pas souffrante à la maison.

— Sois tranquille, que je lui répondrais, nous arrivons dans une *île silencieuse* où repose l'épée de granit.

Pour un œil non avisé, il est difficile de s'y retrouver devant l'archipel de la Minganie. Même James (et si c'était Jim ?) ne semble pas trop sûr de lui. Nous venons en effet de contourner la Pointe de l'Ouest de l'île d'Anticosti et nous abordons le détroit de Jacques-Cartier en allant vers l'est. Ce ne fut pas moins difficile de découvrir que l'épée était cachée dans l'une de ces îles. L'expérience m'a bien servie. Les vaisseaux fantômes peuvent remonter le temps, me suis-je dit, mais ils sont par contre condamnés à errer dans les eaux où la légende les rattrape ; c'est ce que j'ai retenu de notre cours improvisé sur les vaisseaux fantômes à l'école.

Ma première conclusion a été que le voilier noir à la voile blanche est désormais prisonnier de l'histoire de Gachepé, où l'a conduit son capitaine en second qui voulait retrouver la fille de son commandant et l'épée du roi.

Après avoir compris que je retrouverais l'arme dans les parages, j'en ai déduit, en examinant attentivement la géographie des deux rives du golfe, que seule une île sauvage constituait une cachette adaptée. En étudiant les quarante-sept îles de l'archipel une à une, j'ai finalement retenu l'île Herbée par association avec la femme fée : les prémonitions d'Irène ne pouvaient nous conduire ailleurs !

Je dirige lentement le voilier vers l'île où l'épée devrait se trouver selon mes déductions : j'ai de la peine à l'identifier, sa végétation se confondant avec celle de la côte. L'abordage est difficile. Rapidement, je dois constater en parcourant le terrain embourbé par les herbes, que je suis sur une fausse piste. Le plus fier des chevaliers n'aurait jamais abandonné le trésor de son royaume dans des conditions pareilles. Je suis surtout déçue que cette île, dont le nom évoque les révélations d'Irène, n'ait pas été l'écrin temporaire de notre épée.

Nous remontons à bord et partons en direction de l'île aux Goélands. Celle-ci ayant la même superficie que l'île Herbée, je me dis que l'arme a pu y être déposée par erreur. James m'encourage. Je suis un petit peu désemparée, mais je ne le montre pas.

Une autre idée me vient : peut-être le roi de la généalogie fantôme avait-il des ennemis qui seront eux aussi sortis d'un temps dédoublé pour venir s'emparer de l'épée de granit et la remettre à sa place dans le passé ?

« Tu exagères toujours », qu'elle me reprocherait, Rabelaise. Elle me manque.

Alors que nous approchons de l'île aux Goélands, j'aurais voulu me pencher sur ma vieille Tigré pour lui réciter le poème que j'ai composé pour elle.

Bedaine poilue
oreilles velues

Toujours Rabelaise
endormie sur ma chaise

Si elle était près de moi, je la serrerais très fort contre ma poitrine, je l'embrasserais derrière les oreilles pour me convaincre que l'île dans laquelle nous arrivons sera la bonne. Y mettre les pieds ne va pas sans peine. Nous essayons de ratisser le terrain dans l'espoir de découvrir où pourraient se dissimuler les caches naturelles.

L'espace d'une seconde, mon cœur s'emporte et je lance un cri de joie : en marchant, j'ai soulevé le bout d'une pierre effilée. « Ça y est ! » que je hurle. Prudemment, nous enlevons les cailloux, les galets, les herbes, les crottes de goéland et les coquillages. Tout en nettoyant, je me permets d'observer que Jim n'a pas pris

beaucoup de précautions lorsqu'il a dissi-
mulé l'arme de culte de son roi dans cette
dénivellation. Soudain, mon enthousiasme
s'éteint : je constate que l'objet que nous
tentons de sortir de sa cachette avec mille
précautions n'est, en réalité, qu'une banale
pierre pointue.

Encore une fois, peine perdue. Nulle
trace de la pièce principale de notre
musée. Je suis déçue et presque désespé-
rée. Toutefois, il me reste une dernière
chance. Dès que j'ai eu la conviction
que l'épée de granit avait été cachée en
Minganie, j'ai d'abord pensé qu'elle se
trouvait dans l'île du Fantôme. Puis,
ébranlée par mes déboires en classe avec
mon récit de vaisseau fantôme, j'ai craint
d'attirer la malédiction sur mon expédition. J'ai repoussé l'idée, mais elle
représente maintenant ma troisième et
dernière chance.

Le voilier s'en rapproche. Deux mar-
souins l'accompagnent telle une escorte.

Il y a dans leurs plongeons une chorégraphie qui tient du cérémonial. Peut-être nous ont-ils suivis depuis la haute mer sans attirer l'attention? Nous jetons l'ancre entre l'île à Firmin et l'île du Havre où nous mettons une chaloupe à l'eau pour nous diriger vers le cap qui se dresse face au sud. Les falaises sont imposantes. Cette île est immense et impressionnante avec ses monolithes coiffés de lichens. Par où commencer? J'ai un serrement au cœur en voyant la bien nommée Île du Fantôme, silencieuse au milieu des splendeurs du Nord.

14

À LA ROUE
DU CAPITAINE

Le *Mananann* revient vers les Côtes-du-Nord du grand pays de Gachepé, et je reconnais Lamedepierre parmi les villages que nous apercevons du large. Vers la gauche se profile la falaise sur laquelle trône un petit point gris. Je ne doute pas que père et mère sont suspendus à leurs jumelles, mes bessons à leurs côtés, déjà rassurés.

Sur le pont, j'ai de la difficulté à tenir

en place, à ne pas courir en riant et en criant comme je l'ai fait dans l'île du Fantôme lorsque j'ai finalement trouvé l'épée ; soigneusement dissimulée entre les plissements horizontaux de la pierre, elle n'était visible que pour un œil averti. Tout de suite, j'ai compris que Jim l'avait couchée dans un repli du temps forgé par l'érosion. Il a tenu parole.

Je tiens la roue du capitaine, un sourire de réjouissance me sculptant le visage. Je goûte le bonheur qui se dépose sur mes lèvres avec la bruine saline que le vent transporte. Mes parents verront que je dirigeais le vaisseau qui a rapporté l'épée de granit. James et le capitaine m'encadrent. L'épée repose dans un coffre près du mât de misaine. Je conduis le voilier dans la rade. Rabelaise dort sur mon lit, j'en ai la conviction, tandis que la goélette entre en grande majesté dans le havre de Lamedepierre. Les gens sont rassemblés sur le quai et saluent notre retour.

Le surlendemain, vers la fin de la journée, monsieur Pelletier, avec sa barbe hirsute des grandes occasions, accueille la population au musée. Il a organisé une fête pour marquer la réinstallation de l'épée de granit sur son socle. Son ami, monsieur Dubuisson dit Bouchet, l'assiste pendant qu'il s'empresse d'annoncer la réouverture de la bibliothèque.

Tous mes amis sont venus. Iseult me félicite et elle n'a plus la même suspicion dans l'œil. Gwin s'offre pour me servir un verre d'hydromel de magasin au coca, que madame Nena a généreusement apporté. Pendant que nous parlons de la reprise des classes, maintenant que les enfants recouvrent la santé, je lui découvre une gentillesse insoupçonnée, un charme nouveau.

À la demande pressante de monsieur Pelletier, Rose et Joachim sont présents. Mes bessons sont évidemment de la fête, alors que Rabelaise est demeurée à la maison avec Williamme et Ferronne, malgré une énergie retrouvée. Par ailleurs, ce matin, mère a profité des circonstances pour nous annoncer qu'elle renonçait à se procurer un piano et que nous allions plutôt former un quatuor de violoncelles, elle et nous.

Soudain, le notaire, monsieur Cyrille, arrive portant le *Livre des généalogies* comme un officiant porte un objet sacré dans un temple. On voit qu'il fait un effort pour être solennel. C'est l'occasion que choisit le directeur pour prendre la parole :

— Chers amis, commence monsieur Pelletier, nous venons de vivre une période déprimante et j'espère avec vous qu'elle se termine aujourd'hui.

Il doit s'interrompre, les gens applaudissant toujours après une phrase comme celle-là.

Il poursuit :

— Après l'épidémie que nous avons

connue, les activités reprendront normalement au village.

Il fait une pause, puis enchaîne avec la
certitude qu'il a acquise que les poissons
vont revenir et que les bibittes vont quitter
la forêt, ce qui ramènera les personnes qui
sont parties. Il se veut convaincant. Puis,
tandis que je chuchote dans l'oreille de
Capucine, il dit :

— Je salue la détermination de Brigitte
de Gradlon qui a rendu à Lamedepierre
l'épée de granit qui est l'âme de ce village.

L'orgueil me rougit les joues et la timi-
dité me forge un sourire niais, si bien
que je me détourne pour que Gwin ne me
voie pas avec cet air si peu avantageux.
En même temps, je suis émue, ce qui
m'enlèverait la moindre idée de parler si
je l'avais.

— Vous avez remarqué, reprend monsieur Pelletier, que le *Livre des généalogies*
est de retour.

Encore une fois les gens applaudissent.

— Le Comité responsable de l'intégrité du livre, je veux parler de monsieur Cyrille, de mon ami Dubuisson dit Bouchet, de monsieur Pelchat, du médecin et de moi-même, ce comité a donc décidé non seulement de réinscrire les noms qui avaient été effacés, mais d'y faire apparaître, désormais, les noms de toutes les personnes vivant au village.

C'est la fête, on se réjouit pour Rose et Joachim, qui remercient le directeur du musée.

— Ce n'est pas tout, poursuit ce dernier. Nous avons obtenu l'assurance que les gens qui avaient repris des objets les remettront dans la collection du musée et nous avons décidé d'y ajouter, dès aujourd'hui, de nouvelles pièces.

Se tournant vers mon frère, il dit :

— Vous vous souvenez des aventures de Yann de Gradlon sur son radeau? Il en a rapporté une petite étoile de mer qui lui est chère et qu'il a accepté de déposer ici.

Tous ne savent pas, enchaîne-t-il, que Joachim de Gradlon est modéliste et qu'il construit des caravelles en modèles réduits. À partir de maintenant, notre musée sera honoré d'en exposer une en permanence.

Des commentaires de surprise et d'éloge suivent cette annonce.

— Ce n'est pas tout, insiste monsieur Pelletier, car encore moins de gens savent que Rose Champagne est non seulement violoncelliste, mais poétesse. Ses triplets m'ayant parlé de ses poèmes à l'école, je lui ai demandé d'en afficher un parmi les livres que nous collectionnons.

Quelle surprise! Mes parents et mes jumeaux m'avaient caché la nouvelle. Encore une fois, mes émotions s'embrouillent et je ne sais plus si je dois me retenir de me jeter dans les bras de père et de mère. La coupe de vin herbé d'Irène, que je me suis permis de boire avec mes amis, doit être pour quelque chose dans ce brouillard sentimental. Je sens que mes idées continuent de s'emmêler. Après les annonces formulées par monsieur Pelletier, tout le monde s'est mis à parler, et je raconte, autour de moi, notre aventure en Minganie à la recherche de l'épée. Parfois j'explique comment, avec James, nous nous sommes dirigés vers le nord. D'autres fois, je parle de Jim en oubliant que je suis la seule à le connaître. Ceux qui se souviennent de l'épisode du vaisseau noir à la voilure blanche, que j'avais révélé en classe, pensent que j'ai bu trop de vin herbé et que je fabule.

La fête s'achève. Le temps est venu de remettre l'épée sur son socle. Le directeur a annoncé qu'un carton rappelant mon expédition sera ajouté près de la bûche d'érable. Le coffre qui contient l'épée a été déposé sur une table. Monsieur Pelletier invite son ami Dubuisson dit Bouchet à l'ouvrir avec lui. Le couvercle rabattu, ils se penchent pour s'en saisir et, dans la lumière scintillante qui les enveloppe, ils deviennent tout à coup, sous mes yeux, de glorieux chevaliers sortis des confins de l'histoire.

Lorsqu'ils brandissent l'épée, je vois fuser derrière chacun de leurs gestes des traînées d'étoiles. C'est un rituel adressé aux dieux de l'abondance comme il s'en déroulait dans l'île où régnaient les trois reines, selon le récit de la femme fée. Nous célébrons un optimisme retrouvé. La dimension de toute chose puise désormais dans le merveilleux ; l'épée est plus grande que jamais. Elle ne pourra plus tenir sur le petit socle qui la soutenait jusqu'à sa disparition. Dans la félicité qui nous emporte, cela n'est pas pour nous surprendre.

Sous ce brouillard d'étoiles, je comprends finalement qu'on m'invite — la déesse Brigitte — à me joindre à ces chevaliers euphoriques. Je marche dans la brillance d'une haie d'éclairs qui s'impriment dans nos mémoires.

Pendant que je tiens l'épée, qui a pris une majestueuse dimension, je me dis qu'il s'agit là d'un signe : le grand pays de Gachepé ne connaîtra plus la malédiction. Ses gens ont beau être philosophes et dire que la vie reprend toujours son cours, un nuage de tristesse risquait de s'attarder au-dessus de leurs têtes.

À l'abri des tumultes de la fête, dans mon cœur je n'oublie pas que le voilier est reparti, comme un fantôme dans le coucher du soleil, emportant son capitaine en second à qui je repenserai souvent tandis que son image disparaîtra, petit à petit, dans un repli du temps.

NOTE DE L'AUTEUR

La légende du vaisseau fantôme, qui a fait l'objet d'études savantes, existe en de nombreuses versions.

En m'inspirant de celle de Blanche Lamontagne pour son romantisme et sa douceur, je voulais rendre hommage à cette poétesse gaspésienne, née en 1889, et qui a publié son premier livre en 1913. On dit qu'elle fut la première poétesse à oser publier sous son nom au Québec à une époque où les pseudonymes ou encore le patronyme du mari s'imposaient pour les femmes. C'est en 1930 qu'elle fait paraître chez Beauchemin, à Montréal, *Récits et légendes*, qui contient « Vaisseau fantôme », aux pages 109 à 112. Ce livre, dédié à la jeunesse, n'a jamais été réédité à ma connaissance. Auteure de treize livres, Blanche Lamontagne est décédée en 1958.

Vous pouvez communiquer vos commentaires à l'auteur, à l'adresse électronique suivante : degradlon@yahoo.ca

TABLE DES MATIÈRES

MISE EN PAGES :
LUCIE COULOMBE TYPOGRAPHE

ACHEVÉ D'IMPRIMER EN MARS 2002
SUR LES PRESSES DE L'IMPRIMERIE AGMV MARQUIS
À CAP-SAINT-IGNACE (QUÉBEC).